我喜欢你

沈从文的爱情

沈从文 著

江西人民出版社
Jiangxi People's Publishing House
全国百佳出版社

图书在版编目（CIP）数据

我喜欢你：沈从文的爱情 / 沈从文著. -- 南昌：
江西人民出版社，2019.5（2021.9重印）
ISBN 978-7-210-11201-3

Ⅰ. ①我… Ⅱ. ①沈… Ⅲ. ①中国文学－现代文学－
作品综合集 Ⅳ. ①I216.2

中国版本图书馆CIP数据核字（2019）第041283号

我喜欢你：沈从文的爱情

沈从文 / 著

责任编辑 / 冯雪松

出版发行 / 江西人民出版社

印刷 / 天宇万达印刷有限公司

版次 / 2019年5月第1版

2021年9月第2次印刷

880毫米×1230毫米　1/32　8印张

字数 / 180千字

ISBN 978-7-210-11201-3

定价 / 49.80元

赣版权登字-01-2019-61

如有质量问题，请寄回印厂调换。联系电话：0318-5302229

我知道你会来，所以我等。

倘若你这时见到我，你就会明白我如何温柔！一切过去的种种，它的结局皆在把我推到你身边心上。

目录

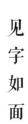

见
字
如
面

我行过许多地方的桥，看过许多次数的云，喝过许多种类的酒，却只爱过一个正当最好年龄的人。

结余情书

致 张 兆 和

我是只要单是这片面的倾心，不至于侮辱到你这完全的人中模型，我在爱你一天总是要认真生活一天，也极力免除你不安一天的。本来不能振作的我，为了这一点点爬进神坛磕头的乡下人可怜心情，我不能不在此后生活上奋斗了。

我要请你放心，不要以为我还在执迷中，做出使你不安的行为，或者在失意中，做出使你更不安的堕落行为。我在这事上并不为失败而伤心，诚如莫泊桑所说，爱不到人并不是失败，因为爱人并不因人的态度而有所变更方向，顽固的执着，不算失败的。

其实，那是一时的事，我今天就好了，我不在那打击上玩味。

我并不是要人明白我为谁牺牲了什么的。……。我现在还并不缺少一种愚蠢想象，以为我将把自己来牺牲在爱你上面，永久单方面的倾心，还是很值得的。只要是爱你，应当牺牲的我总不辞，若是我发现我死去也是爱你，我用不着劝驾就死去了。或者你现在对这点只能感到男子的愚蠢可悯，但你到另一时，爱了谁，你就明白你也需要男子的蠢处，而且自己也不免去做那"不值得"牺牲的牺牲了。"日子"使你长成，"书本"使你聪敏，我想"自然"不会独吝惜对你这一点点人生神秘启示的机会。

每次见到你，我心上就发生一种哀愁，在感觉上总不免有全部生命奉献而无所取偿的奴性自觉，人格完全失去，自尊也消失无余。明明白白从此中得到是一种痛苦，却也极珍视这痛苦来源，我所谓"顽固"，也就是这无法解脱的宿命的粘恋。一个病人在窗边见到日光与虹，想保留它而不可能，却在窗上刻画一些记号，这愚笨而又可怜的行为，若能体会得出，则一个在你面前的人，写不出一封措辞恰当的信，也是自然的道理。我留到这里，在我眼中如虹如日的你，使我无从禁止自己倾心是当然的。我害怕我的不能节制的唠叨，以及别人的蜚语，会损害你的心境和平，所以我的离开这里，也仍然是我爱你，极力求这爱成为善意的设计。若果你觉得我这话是真实，我离开这里虽是痛苦，也学到要去快乐了。

你不要向我抱歉，也不必有所负疚，因为若果你觉得这是要你道歉的事，我爱你而你不爱我，影响到一切，那恐怕在你死去或我死去以前，你这道歉的一笔债是永远记在账上的。在人事上别的可以博爱，而爱情上自私或许可以存在。不要说现在不懂爱你才不爱我，也不要我爱，就是懂了爱的将来，你也还应当去爱你那所需要的或竟至伸手而得不到的人，才算是你尽了做人的权利。我现在是打算到你将来也不会要我爱的，不过这并不动摇我对你的倾心，所以我还是因这点点片面的倾心，去活着下来，且为着记到世界上有我永远倾心的人在，我一定要努力切实做个人的。

至于你，我希望你不为这些空事扰乱自己读书的向上计划，我愿意你好好地读书，莫仅仅以为在功课上对付得下出人头地就满意，你不妨想得远一点。一颗悬在天空的星子不能用手去摘，但因为要摘，你那手伸出去会长一点。我们已经知道的太少，而应当知道的又太多，学校方面是不能使我们伟大的，所以你的英文标准莫放在功课上，想法子跃进才行。一个聪明的人，得天所赋既多，就莫放弃这特别权利，用一切前人做足下石头，爬过前面去才是应当的行为。书本使我们多智慧，却不能使我们成为特殊的人，所以有时知道一切多一点也不是坏事，这是我劝你有功夫看别的各样书时也莫随便放过的意思。为了要知道多一点，所谓智慧的贪婪，学校一点点书是不够的，平常时间也不够的，平常心情也不济事的，好像要有一点不大安分的妄想，用力量去证实，这才是社会上有特殊天才、特殊学者的理由。依我想，且依我所见，如朱湘、陈通伯、胡先生，这几个使我敬重的人，都发愤得不近人情。我很恨我自己是从小就很放荡，又生长在特殊习惯的环境中，走的路不是中国在大学校安分念书学生所想象得到的麻烦，对于学问这一套，是永远门外汉了。可是处置自己生活的经验，且解释大家所说的"天才"意义，还是"不近人情"的努力。把自己在平凡中举起，靠"自己"比靠"时代"为多，在成绩上莫重视自己，在希望上莫轻视自己。我想再过几年，我当可以有机会坐在卑微的可笑的地位上，看你向上腾举，为一切人所敬视的完人！我不是什么可尊敬的人，所以不教书于我实在也很有益，我是怕人尊敬的。可是不是一个好先生的我，因为生活教训得的多一点，很晓得要怎样来生活才是正当，且知道年轻一点的，应当如何来向上，把气力管束到学问上那些理由，有些地方又还可以做个榜样看，所以除了过去那件事很胡涂，其余时节，其余事情，我想我的偏见你都承认一点也好。被人爱实在是麻烦，有时我也感觉到，因为那随了爱而来的真是一串吓人头昏的字眼同事情，可是若果被爱的理由，不仅是一点青春动人的丰姿，却是品德智力一切的超越与完美，依我打算，却不会因怕被更多人的倾心，就把自己位置在一个平庸流俗人中生活，不去求至高完美的。我愿意你存一点不大安分的妄想去读书，使这时看不起你的人也爱敬你，若果要我做先生，我是只能说这个话的。我是明知道把一切使人敬重的机会完全失去以后，譬如爱你，到明知道你嫁给别人以后，还将为一点无所依据的妄想，按到我自己所能尽的力量到社会里去爬，想爬得比一切人都高的。解释人生，这点比较恰当。

由达园给张兆和

××:

你们想一定很快要放假了。我请过×到××来看看你,我说"×,你去为我看看××,等于我自己见到了她。去时高兴一点,因为哥哥是以见到××为幸福的。"不知×来过没有?×大约秋天要到××女子大学学音乐,我预备秋天到××去。这两个地方都不像上海,你们将来有机会时,很可以到各处去看看。××地方是非常好的,历史上为保留下一些有意义极美丽的东西,物质生活极低,人极和平,天气春天各处可放风筝,夏天多花,秋天有云,冬天刮风落雪,气候使人严肃,同时也使人平静。××毕了业若还要读几年书,倒是来××读书好。

你的戏不知已演过了没有?××倒好,许多大教授也演戏,还有从女大毕业的,到各处台上去唱昆曲,也不为人笑话。使戏子身分提高,××是和上海稍稍不同的。

听说×女士到过你们学校演讲，不知说了些什么话。我是同她顶熟的一个人，我想她也一定同我初次上台差不多，除了红脸不会有再好的印象留给学生。这真是无办法的，我即或写了一百本书，把世界上一切人的言语都能写到文章上去，写得极其生动，也不会做一次体面的讲话。说话一定有什么天才，×××是大家明白的一个人，说话嗓子洪亮，使人倾倒，不管他说的是什么空话废话。天才还是存在的。

我给你那本书，□□同□□都是我自己欢喜的，其中□□更保留到一个最好的记忆，因为那时我正在××，因爱你到要发狂的情形下，一面给你写信，一面却在苦恼中写了这样一篇文章。我照例是这样子，做得出很傻的事，也写得出很好的文章，一面胡涂处到使别人生气，一面清明处，却似乎比平时更适宜于做我自己的事。××，这时我来同你说这个，是当一个故事说到的，希望你不要因此感到难受。这是过去的事情，这些过去的事，等于我们那些死亡了最好的朋友，值得保留在记忆里，虽想到这些，使人也仍然十分惆怅，可是那已经成为过去了。这些随了岁月而消失的东西，都不能再在同样情形下再现了的。所以说，现在只有那一篇文章，代替我保留到一些生活的意义。这文章得到许多好评，我反而十分难过，任什么人皆不知道我为了什么原因，写出一篇这样文章，使一些下等人皆以一个完美的人格出现。

我近日来看到过一篇文章，说到似乎下面的话："每人都有一种奴隶的德性，故世界上才有首领这东西出现，给人尊敬崇拜。因这奴隶的德性，为每一人不可少的东西，所以不崇拜首领的人，也总得选择一种机会低头到另一种事上去。"××，我在你面前，这德性也显然存在的。为了尊敬你，使我看轻了我自己一切事业。我先是不知道我为什么这样无用，所以还只想自己应当有用一点。到后看到那篇文章，才明白，这奴隶的德性，原来是先天的。我们若都相信崇拜首领是一种人类自然行为，便不会再觉得崇拜女子有什么希奇难懂了。

你注意一下，不要让我这个话又伤害到你的心情，因为我不是在窘你做什么你做不到的事情，我只在告诉你，一个爱你的人，如何不能忘你的理由。我希望说到这些时，我们都能够快乐一点，如同读一本书一样，仿佛与当前的你我都没有多少关系，却同时是一本很好的书。

我还要说，你那个奴隶，为了他自己，为了别人起见，也努力想脱离羁绊过。当然这事并不做到，因为不是一件容易事情。为了使你感到窘迫，使你觉得负疚，我以为很不好。我曾做过可笑的努力，极力去同另外一些人要好，到别人崇拜我愿意做我的奴隶时，我才明白，我不是一个首领，用不着别的女人用奴隶的心来服侍我，却愿意自己做奴隶，献上自己的心，给我所爱的人。我说我很顽固地爱你，这种话到现在还不能用别的话来代替，就因为这是我的奴性。

××，我求你，以后许可我做我要做的事，凡是我要向你说什么时，你都能当我是一个比较愚蠢还并不讨厌的人，让我有一种机会，说出一些有奴性的卑屈的话，这点点是你容易办到的。你莫想，每一次我说到"我爱你"时你就觉得受窘，你也不用说"我偏不爱你"，作为抗拒别人对你的倾心。你那打算是小孩子的打算，到事实上却毫无用处的。有些人对天成日成夜说，"我赞美你，上帝！"有些人又成日成夜对人世的王帝说，"我赞美你，有权力的人！"你听到被称赞的"天"

同"王帝"，以及常常被称赞的日头同月亮、好的花、精致的艺术，回答说"我偏不赞美你"的话没有？一切可称赞的，使人倾心的，都像天生就这个世界的主人，他们管领一切，统治一切，都看得极其自然，毫不勉强。一个好人当然也就有权力使人倾倒，使人移易哀乐，变更性情，而自己却生存到一个高高的王座上，不必作任何声明。凡是能用自己各方面的美，攫住别的人灵魂的，他就有无限威权，处治这些东西，他可以永远沉默，日头，云，花，这些例举不胜举。除了一只莺。他被人崇拜处，原是他的歌曲，不应当哑口外，其余被称赞的，大都是沉默的。××，你并不是一只莺。一个王帝，吃任何阔气东西他都觉得不够。总得臣子恭维，用恭维作为营养，他才适意，因为恭维不甚得体，所以他有时还在这个事上，发气骂人，充军流血。××，你不会像王帝。一个月亮可不是这样的。一个月亮不拘听到任何人赞美，不拘这赞美如何不得体，如何不恰当，它不拒绝这些从心中涌出的呼喊。××，你是我的月亮。你能听一个并不十分聪明的人，用各样声音，各样言语，向你说出各样的感想，而这感想却因为你的存在，如一个光明，照耀到我的生活里而起的，你不觉得这也是生存里一件有趣味的事吗？

"人生"原是一个宽泛的题目，但这上面说到的，也就是人生。

为帝王作颂的人，他用口舌"娱乐"到帝王，同时他也就"希望"到帝王。为月亮写诗的人，他从它照耀到身上的光明里，已就得到他所要的一切东西了。他是在感谢情形中而说话的，他感谢他能在某一时望到蓝天满月的一轮。××，我看你同月亮一样。……是的，我感谢我的幸运，仍常常为忧愁扼着，常常有苦恼（我想到这个时，我不能说我写这个信时还快乐）。因为一年内我们可以看过无数次月亮，而且走到任何地方去，照到我们头上的，还是那个月亮。这个无私的月不单是各处皆照到，并且从我们很小到老还是同样照到的。至于你，"人事"的云翳，却阻拦到我的眼睛，我不能常常看到我的月亮！一个白日带走了一点青春，日子虽不能毁坏我印象里你所给我的光明，却慢慢地使我不同了。"一个女子在诗人的诗中，永远不会老去，但诗人，他自己却老去了。"我想到这些，我十分忧郁了。生命都是太脆薄的一种东西，并不比一株花更经得住年月风雨，用对自然倾心的眼，反观人生，使我不能不觉得热情的可珍，而看重人与人凑巧的藤葛。在同一人事上，第二次的凑巧是不会有的。我生平只看过一回满月。我也安慰自己过，我说，"我行过许多地方的桥，看过许多次数的云，喝过许多种类的酒，却只爱过一个正当最好年龄的人。我应当为自己庆幸……"这样安慰到自己也还是毫无用处，为"人生的飘忽"这类感觉，我不能够忍受这件事来强作欢笑了。我的月亮就只在回忆里光明全圆，这悲哀，自然不是你用得着负疚的，因为并不是由于你爱不爱我。

仿佛有些方面是一个透明了人事的我，反而时时为这人生现象所苦，这无办法处，也是使我只想说明却反而窘了你的理由。

××，我希望这个信不是窘你的信。我把你当成我的神，敬重你，同时也要在一些方便上，诉说到即或是真神也很胡涂的心情，你高兴，你注意听一下，不高兴，不要那么注意吧。天下原有许多希奇事情，我××××十年，都缺少能力解释到它，也不能用任何方法说明，譬如想到所爱的一个人的时候，血就流走得快了许多，全身就发热作寒，听到旁人提到这人的名字，就似乎又十分害怕，又十分快乐。究竟为什么原因，任何书上提到的都说不清楚，然而任何书上也总时常提到。"爱"解作一种病的名称，是一个法国心理学者的发明，那病的现象，大致就是上述所及的。

你还是没有害过这种病的人，所以你不知道它如何厉害。有些人永远不害这种病，正如有些人永远不患麻疹伤寒，所以还不大相信伤寒病使人发狂的事情。××，你能不害这种病，同时不理解别人这种病，也真是一种幸福。因为这病是与童心成为仇敌的，我愿意你是一个小孩子，真不必明白这些事。不过你却可以明白另一个爱你而害着这难受的病的痛苦的人，在任何情形下，却总想不到是要窘你的。我现在，并且也没有什么痛苦了，我很安静，我似乎为爱你而活着的，故只想怎么样好好地来生活。假使当真时间一晃就是十年，你那时或者还是眼前一样，或者已做了国立大学的英文教授，或者自己不再是小孩子，倒已成了许多小孩子的母亲，我们见到时，那真是有意思的事。任何一个作品上，以及任何一个世界名作作者的传记上，最动人的一章，总是那人与人纠纷藤葛的一章。许多诗是专为这点热情的指使而写出的，许多动人的诗，所写的就是这些事。我们能欣赏那些东西，为那些东西而感动，却照例轻视到自己，以及别人因受自己所影响而发生传奇的行为，这个事好像不大公平。因为这个理由，天将不许你长是小孩子。"自然"使苹果由青而黄，也一定使你在适当的时间里，转成一个"大人"。××，到你觉得你已经不是小孩子，愿意做大人时，我倒极希望知道你那时在什么地方做些什么事，有些什么感想。"萑苇①"是易折的，"磐

---

① 萑苇：两种芦类植物，蒹长成后为萑，葭长成后为苇。

石"是难动的，我的生命等于"崔苇"，爱你的心希望它能如"磐石"。

望到北平高空明蓝的天，使人只想下跪，你给我的影响恰如这天空，距离得那么远，我日里望着，晚上做梦，总梦到生着翅膀，向上飞举。向上飞去，便看到许多星子，都成为你的眼睛了。

××，莫生我的气，许我在梦里，用嘴吻你的脚。我的自卑处，是觉得如一个奴隶蹲到地下用嘴接近你的脚，也近于十分亵渎了你的。

我念到我自己所写到"'崔苇'是易折的，'磐石'是难动的"时候，我很悲哀。易折的崔苇，一生中，每当一次风吹过时，皆低下头去，然而风过后，便又重新立起了。只有你使它永远折伏，永远不再作立起的希望。

×　×　×　×

二十年六月

湘行书简

张兆和致沈从文之一

二哥：

乍醒时，天才蒙蒙亮，猛然想着你，猛然想着你，心便跳跃不止。我什么都能放心，就只不放心路上不平靖，就只担心这个。因为你说的，那条道不容易走。我变得有些老太婆的迂气了，自打你决定回湘后，就总是不安，这不安在你走后似更甚。不会的，张大姐说，沈先生人好心好，一路有菩萨保佑，一定是风调雨顺一路平安到家的。不得已，也只得拿这些话来自宽自慰。虽是这么说，你一天不回来，我一天就不放心。一个月不回来，一个月中每朝醒来时，总免不了要心跳。还怪人担心吗？想想看，多远的路程多久的隔离啊。

你一定早到家了。希望在你见到此信时，这里也早已得到你报告平安的电信。妈妈见了你，心里一快乐，病一定也就好了。不知道你是不是照到我们在家里说好的，为我们向妈妈同大哥特别问好。

昨天回来时，在车子上，四妹老拿膀子拐我。她惹我，说我会哭的，同九妹拿我开玩笑。我因为心里难受，一直没有理她们。今天我起得很早。精神也好，因为想着是替你做事，我要好好地做。我在给你写信，四妹伸头缩脑的，九妹问我要不要吃窠鸡子。我笑死了。

　　路上是不是很苦，这条路我从未走过，想象不到是什么情形，总是辛苦就是了。

　　我希望下午能得到你信。

兆和

一月八日晨

张 兆 和 致 沈 从 文 之 二

从文二哥:

 只在于一句话的差别，情形就全不同了。三四个月来，我从不这个时候起来，从不不梳头、不洗脸，就拿起笔来写信的。只是一个人躺到床上，想到那为火车载着愈走愈远的一个，在暗淡的灯光下，红色毛毯中露出一个白白的脸，为了那张仿佛很近实在又极远的白脸，一时无法把捉得到，心里空虚得很！因此，每一丝声息，每一个墙外夜行人的步履声音，敲打在心上都发生了绝大的返响，又沉闷，又空洞。因此，我就起来了。我计算着，今晚到汉口，明天到长沙，自明天起，我应该加倍担着心，一直到得到你平安到家的信息为止。听你们说起这条道路之难行，不下于难于上青天的蜀道，有时想起来，又悔不应敦促你上路了。倘若当真路途中遇到什么困难，吃多少苦，受好些罪，那罪过，二哥，全数由我来承担吧。但只想想，你一到家，一家人为你兴奋着，暮

年的病母能为你开怀一笑，古老城池的沉静空气也一定为你活泼起来，这么样，即或往返受二十六个日子的辛苦，也仍然是值得的。再说，再说这边的两只眼睛、一颗心，在如何一种焦急与期待中把白日同黑夜送走，忽然有一天，有那么一天，一个瘦小的身子挨进门来，那种欢喜，唉，那种欢喜，你叫我怎么说呢？总之，一切都是废话，让两边的人耐心地等待着，让时间把那个值得庆祝的日子带来吧。

现在，现在要轮到你告诉我一些到家后的情形了。家里是怎么样欢迎你来着？老人家的精神是不是还好？你那大哥，是不是正如你所说的，卷起两只袖口，拿一把油油的锅铲忙出忙进？大哥大嫂三哥三嫂你记着替我同九妹致意没有？尤其是大嫂，代替大家服侍了妈十几年，对她你应该致最大的尊敬。嫂嫂们，你记着，别太累她们。你到家见妈时，记着把那件脏得同抹布样子的袍子换下来，穿一件干净的么？你应当时时注意妈妈房里空气的流通，谈话时，探听点老人家想吃点外面的什么东西，将来好寄。真的，有好些事我都忘了叮嘱你，直至走后才一件一件想起来，已来不及了……还有，到家后少出门，即或出门也以少发议论为妙。苗乡你是不暇去的了，听说你那个城子，要不了一会儿能可以走遍，你是不是也看过一道？一切与十五年前有什么不同？

三三

九日侵晨

张兆和致沈从文之三

亲爱的二哥：

　　你走了两天，便像过了许多日子似的。天气不好。你走后，大风也刮起来了，像是欺负人，发了狂似的到处粗暴地吼。这时候，夜间十点钟，听着树枝干间的怪声，想到你也许正下车，也许正过江，也许正紧随着一个挑行李的脚夫，默默地走那必须走的三里路。长沙的风是不是也会这么不怜悯地吼，把我二哥的身子吹成一块冰？为这风，我很发愁，就因为自己这时坐在温暖的屋子里，有了风，还把心吹得冰冷。我不知道二哥是怎么支持的。我告诉你我很发愁，那一点也不假，白日

里，因为念着你，我用心用意地看了一堆稿子。到晚来，刮了这鬼风，就什么也做不下去了。有时想着十天以后，十天以后你到了家。想象着一家人的欢乐，也像沾了一些温暖，但那已是十天以后的事了，目前的十个日子真难挨！这样想来，不预先打电回家，倒是顶好的办法了。路那么长，交通那么不便，写一个信也要十天半月才得到，写信时同收信时的情形早不同了。比如说，你接到这信的时候，一定早到家了，也许正同哥哥弟弟在屋檐下晒太阳，也许正陪妈坐在房里，多半是陪着妈。房里有一盆红红的炭火，且照例老人家的炉火边正煨着一罐桂圆红枣，发出温甜的香味。你同妈说着白话，说东说西，有时还伸手摸摸妈衣服是不是穿得太薄。忽然，你三弟走进房来，送给你这个信。接到信，无疑地，你会快乐，但拆开信一看，愁呀冷呀的那么一大套，不是全然同你们的调子不谐和了吗？我很想写："二哥，我快乐极了，同九丫头跳呀蹦呀地闹了半天，因为算着你今天准可到家，晚上我们各人吃了三碗饭。"使你们更快乐。但那个信留到十天以后再写吧，你接到此信时，只想到我们当你看信时也正在为你们高兴，就行了。

希望一家人快乐康健！

三三
九日晚

在 桃 源

三三：

我已到了桃源，车子很舒服。曾姓朋友送我到了地，我们便一同住在一个卖酒曲子的人家，且到河边去看船，见到一些船，选定了一只新的，言定十五块钱，晚上就要上船的。我现在还留在卖酒曲人家，看朋友同人说野话。我明天就可上行。我很放心，因为路上并无什么事情。很感谢那个朋友，一切得他照料，使这次旅行又方便又有趣。

我有点点不快乐处，便是路上恐怕太久了点。听船上人说至少得四天方可到辰州^①，也许还得九天方到家，

---

① 辰州：即沅陵。

这分日子未免使我发愁。我恐怕因此住在家中就少了些日子。但我又无办法把日子弄快一点。

我路上不带书，可是有一套彩色蜡笔，故可以作不少好画。照片预备留在家乡给熟人照相，给苗老咪照相，不能在路上糟蹋，故路上不照相。

三三，乖一点，放心，我一切好！我一个人在船上，看什么总想到你。

我到这里还碰到一个老同学，这老同学还是我廿年前在一处读书的。

二哥

十二日下午五时

在路上我看到个帖子很有趣：

立招字人钟汉福，家住白洋河文昌阁大松树下右边，今因走失贤媳一枚，年十三岁，名曰金翠，短脸大口，一齿凸出，去向不明。若有人寻找弄回者，赏光洋二元，大树为证，决不吃言。谨白。

三三：我一个字不改写下来给你瞧瞧，这人若多读些书，一定是个大作家。

小 船 上 的 信

船在慢慢地上滩，我背船坐在被盖里，用自来水笔来给你写封长信。这样坐下写信并不吃力，你放心。这时已经三点钟，还可以走两个钟头，应停泊在什么地方，照俗谚说，"行船莫算，打架莫看"，我不过问。大约可再走廿里，应歇下时，船就泊到小村边去，可保平安无事。船泊定后我必可上岸去画张画。你不知见到了我常德长堤那张画不？那张窄的长的。这里小河两岸全是如此美丽动人，我画得出它的轮廓，但声音、颜色、光，可永远无本领画出了。你实在应来这小河里看看，你看过一次，所得的也许比我还多，就因为你梦里也不会想到的光景，一到这船上，便无不朗然入目了。这种时节两边岸上还是绿树青山，水则透明如无物，小船用两个人拉着，便在这种清水里向上滑行，水底全是各色各样的石子。舵手抿起个嘴唇微笑，我问他："姓什么？""姓刘。""在这条河里划了几年船？""我今年五十三，十六岁就划船。"来，三三，请你为我算算这个数目。这人厉害得很，四百里的河道，涨水干涸河道的变迁，他无不明明白白。他知道这河里有多少滩、多少潭。看那样子，若许我来形容形容，他还可以说知道这河中有多少石头！是的，凡是较大的，知名的石头，他无一不知！水手一共是三个，除了舵手在后面管舵管篷管纤索的伸缩，前面舱板有两个人。其中一个是小孩子，一个是大人。两个人的职务是船在滩上时，就撑急水篙，左边右边下篙，把钢钻打得水中石头作出好听的声音。到长潭时则荡桨，躬起个腰推扳长桨，把水弄得哗哗的，声音也很幽静温柔。到急水滩时，则两人背了纤索，把船拉去，水急了些，吃力时就伏在石滩上，手足并用地爬行上去。船是只新船，油得黄黄的，干净得可以作为教堂的神龛。我卧的地方较低一些，可听得出水在船底流过的细碎声音。前舱用板隔断，故我可以不被风吹。我坐的是后面，凡为船后的天、地、水，我全可以看到。我就这样一面看水一面想你。我快乐，就想应当同你快乐，我闷，就想要你在我必可以不闷。我同船老板吃饭，我盼望你也在一角吃饭。我至少还得在船上过七个日子，还不把下行的计算在内。你说，这七个日子我怎么办？天气又不很好，并无太阳，天是灰灰的，一切较远的边岸小山同树木，皆裹在一层轻雾里，我又不能照相，也不宜画画。看看船走动时的情形，我还可以在上面写文章，感谢天，我的文章既然提到的是水上的事，在船上实在太方便了。倘若写文章得选择一个地方，我如今所在的地方是太好了一点的。不过我离得你那么远，文章如何写得下去。"我不能写文章，就写信。"我这么打算，我一定做到。我每天可以写四张，若写完四张事情还不说完，我再写。这只手既然离开了你，也只有那么来折磨它了。

我来再说点船上事情吧。船现在正在上滩，有白浪在船旁奔驰，我不怕，船上除了寂寞，别的是无可怕的。我只怕寂寞。但这也正可训练一下我自己。我知道对我这人不宜太好，到你身边，我有时真会使你皱眉。我疏忽了你，使我疏忽的原因便只是你待我太好，纵容了我。但你一生气，我即刻就不同了。现在则用一件人事把两人分开，用别离来训练我，我明白你如何在支配我管领我！为了只想同你说话，我便钻进被盖中去，闭着眼睛。你瞧，这小船多好！你听，水声多幽雅！你听，船那么轧轧响着，它在说话！它说："两个人尽管说笑，不必担心那掌舵人。他的职务在看水，他忙着。"船真轧轧地响着。可是我如今同谁去说？我不高兴！

梦里来赶我吧，我的船是黄的，船主名字叫作"童松柏"，桃源县人。尽管从梦里赶来，沿了我所画的小堤一直向西走，沿河的船虽万万千千，我的船你自然会认识的。这里地方狗并不咬人，不必在梦里为狗吓醒！

你们为我预备的铺盖，下面太薄了点，上面太硬了点，故我很不暖和，在旅馆已嫌不够，到了船上可更糟了。盖的那床被大而不暖，不知为什么独选着它陪我旅行。我在常德买了一斤腊肝、半斤腊肉，在船上吃饭很合适……莫说吃的吧，因为摇船歌又在我耳边响着了，多美丽的声音！

我们的船在煮饭了，烟味儿不讨人嫌。我们吃的饭是粗米饭，很香很好吃。可惜我们忘了带点豆腐乳，忘了带点北京酱菜。想不到的是路上那么方便，早知道那么方便，我们还可带许多北京宝贝来上面，当"真宝贝"去送人！

你这时节应当在桌边做事的。

山水美得很，我想你一同来坐在舱里，从窗口望那点紫色的小山。我想让一个木筏使你惊讶，因为那木筏上面还种菜！我想要你来使我的手暖和一些……

十三日下午五时

泊曾家河

三三专利读物

　　我的小船已泊到曾家河。在几百只大船中间这只船真是个小物件。我已吃过了夜饭，吃的是辣子、大蒜、豆腐干。我把好菜同水手交换素菜，交换后真是两得其利。我饭吃得很好。吃过了饭，我把前舱缝缝罅罅用纸张布片塞好，再把后舱用被单张开，当成幔子一挂，且用小刀将各个通风处皆用布片去扎好，结果我便有了间"单独卧房"了。

　　你只瞧我这信上的字写得如何整齐，就可知船上做事如何方便了。我这时倚在枕头旁告你一切，一面写字，一面听到小表嘀嘀哒哒，且听到隔船有人说话，岸上则有狗叫着。我心中很快乐，因为我能够安静同你来说话！

　　说到"快乐"时我又有点不足了，因为一切纵妙不可言，

缺少个你，还不成的！我要你，要你同我两人来到这小船上，才有意思！

　　我感觉得到，我的船是在轻轻地、轻轻地在摇动。这正同摇篮一样，把人摇得安眠，梦也十分和平。我不想就睡。我应当痴痴地坐在这小船舱中，且温习你给我的一切好处。三三，这时节还只七点三十分，说不定你们还刚吃饭！

　　我除了夸奖这条河水以外真似乎无话可说了。你来吧，梦里尽管来吧！我先不是说冷吗？放心，我不冷的。我把那头用布拦好后，已很暖和了。这种房子真是理想的房子，这种空气真是标准空气。可惜得很，你不来同我在一处！

　　我想睡到来想你，故写完这张纸后就不再写了。我相信你从这纸上也可以听到一种摇橹人歌声的，因为这张纸差不多浸透了好听的歌声！

　　你不要为我难过，我在路上除了想你以外，别的事皆不难过的。我们既然离开了，我这点难过处实在是应当的、不足怜悯的。

二哥

一月十三下八时

水 手 们

三三专利读物

天气真冷。昨晚船歇到曾家河，睡得不好，醒了许多次，全是冷醒的。醒了以后就有许久不能再睡去，常常擦自来火看小表的时间。皮袍子全搭到上面还不济事，我悔当时不肯带褥子来。

睡不着时我就心想：若落点雪多好。照南方规矩，天太冷了必落雪，一落了雪天就暖和了。天亮时船篷沙沙地响，有人说"落了雪"，我忘了天气，只描摹那雪景。到后天已大亮时，看看雪已落了很多。气候既不转好，各个船又不能开动，你想，半路上停顿下来多急人。这样蹲下去两头无着，我是受不了的。我的船既是包定的，我的日子又有限度，不开船可不行！故我为他们称几斤鱼，这几斤鱼把船弄活动了，这时节的船，已离开原泊地方二十多里了。天气还是极冷，船仍然在用篙桨前进，两岸全是白色，河水清明如玉。一切都好得很！我要你！倘若两个人在这小船上，就一切全不怕了。想到南方天气已那么冷，北方还不知冻到什么样子。我恐怕你寂寞得很，又怕你被人麻烦，被事麻烦，我因此事也做不下去。

这船今天能歇到什么地方，我不明白，船上人也不明白。这时已十二点钟，两岸有鸡叫，有狗叫，有人吵骂声音，我算算你们应在桌边吃午饭了。我估计你们也正想到我。我心里很烦乱……

今天太冷，我的画也不能着手了。我只坐在被盖里，把纸本子搁在膝上写信，但一面写字一面就不快乐。我忙着到家，也忙着回转北京，但是天知道，这小船走得却如何慢！天气既那么冷，还得使三个划船人在水里风里把船弄上去，心中又不安。使他们高兴倒容易，晚上各人多吃半斤内，这船就可以在水面上飞。可是我自己，却应当怎么办？三三，我自己真不知道如何办。做了点文章，又做不下去。校改了自己的书一遍，又觉得书也写得平平常常，不足注意。看看四丫头的相同你的相，就想起为四丫头改的文章，还无完成的希望，不知远处有个候补作家，正在如何怨我。照照镜子，镜中的我可瘦得怕人。当真的，人这样瘦，见了家中人又怎么办？我实在希望我回到家中时较肥一点，但天气那么坏，船那么慢，你隔得我又那么远，我有什么办法可以胖些？这么走路上可能要廿多天！

我心里有点着急。但是莫因我的着急便难过。在船上的一个，是应当受点罪，请把好处留给我回来，把眼泪与一切埋怨皆留到我回来再给我，现在还是好好地做事，好好地过日子吧。

我想我的信一定到得不大有秩序，我还担心有些信你收不到。因为在平汉车上发的六七封信，差不多全是交托车站上巡警发的，那些巡警即或不至于把信失掉，也许一搁在袋子里就是两天，保不定长沙的信到时，河南的信反而不到！

我又听到摇橹人歌声了，好听得很。但越好听也就越觉得船上没有你真无意思……

三三，我今天离开你一个礼拜了。日子在旅行人看来真不快，因为这一礼拜来，我不为车子所苦，不为寒冷所苦，不为饮食马虎所苦，可是想你可太苦了。

路上的鱼很好，大而活鲜鲜的鱼，一毛二分钱一斤，用白水煮熟实在好吃得很。这河里原本出好鱼，最好的是青鱼，鲜得如海味，你不吃过也就想不到那个好处。

船停了，真静。一切声音皆像冷得凝固了，只有船底的水声，轻轻地轻轻地流过去。这声音使人感觉到它，几乎不是耳朵，却只是想象。但当真却有声音。水手在烤火，在默默地烤火。

说到水手，真有话说了。三个水手有两个每说一句话中必有个野话字眼儿在前面或后面，我一天来已跟他们学会三十句野话。他们说野话同使用符号一样，前后皆很讲究。倘若不用，那么所说正文也就模糊不清了。我很希奇，不明白他们从什么方面学来这种野话。

船又开了，为了开船，这船上舵手同水手谈论天气，我试计算计算，十九句话中就说了十七个坏字眼儿。仿佛一世的怨愤，皆得从这些野话上发泄，方不至于生病似的。说到他们的怨愤，我又想到这些人的生活来了。我这次坐这小船，说定了十五块钱到地。吃白饭则一千文一天，合一角四分。大约七天方可到地，船上共用三人，除掉舵手给另一岸上船主租钱五元外，其余轮派到水手的，至多不过两块钱。即作为两块钱，则每天仅两毛多一点点。像这样大雪天气，两毛钱就得要人家从天亮拉起一直到天黑，遇应当下水时便即刻下水，你想，多不公平的事！但这样船夫在这条河里至少就有卅万，全是在能够用力时把力气卖给人，到老了就死掉的。他们的希望只是多吃一碗饭，多吃一片肉，拢岸时得了钱，就拿去花到吊脚楼上女人身上去，一回两回，钱完事了，船又应当下行了。天气虽有冷热，这些人生活却永远是一样的。他们也不高兴，为了船搁浅，为了太冷太热，为了租船人太苛刻。他们也常大笑大乐，为了顺风扯篷，为了吃酒吃肉，为了说点粗糙的关于女人的故事。他们也是个人，但与我们都市上的所谓"人"却相离多远！一看到这些人说话，一同到这些人接近，就使我想起一件事情，我想好好地来写他们一次。我相信若我动手来写，一定写得很好。但我总还嫌力量不及，因为本来这些人就太大了。三三，这些船夫你若见到时，一定也会发生兴味的。船夫分许多种，最活泼有趣勇敢耐劳的为麻阳籍水手，大多数皆会唱会闹，做事一股劲儿，带点憨气，且野得很可爱。麻阳人划船成为专业，一条辰河至少就应当有廿万麻阳船夫。这些人的好处简直不是一个人用口说得尽的，你若来，你只需用眼睛一看就相信我的话了。我过一阵下行，就想搭麻阳船。

三三，你若坐了一次这样小船，文章也一定可以写得好多了。因为船上你就可以学许多，水上你也可以学许多，两岸你还可以学许多！

我回来时当为你照些水手相来，还为你照个住吊脚楼的青年乡下妓

女相来（只怕片子太少，到了城中就完事了）。这些人都可爱得很，你一定欢喜他们。

我颈脖也写木了，位置不对，我歇歇，晚上在蜡烛下再告你些。

二哥

十四下午一点

泊兴隆街

船停到一个地方，名"兴隆街"，高山积雪同远村相映照，真是空前的奇观。我想拿了相匣子上去照一个相，却因为毛毛雨落个不停，只好不上岸了。这时还只三点四十分，一时不及断黑，雪不落却落小雨。我冷得很，但手并不木僵。南方的冷与北方不同，南方的冷是湿的，有点讨厌的。穿衣多也无用处。烤火也无用处。

我们的小船因为煮饭吃，弄得满船全是烟子，我担心我的眼睛会为烟子熏坏。如今便是在烟里写这个信的。一面写信，一面依然可以听麻阳人船上的橹歌。船走得太慢，这日子可不好过。上面的人不把日子当数，行船人尤其不明白日子的意义。天气既那么冷，我也不好说话。但多挨一天，在上面住的日子就扣去一天，你说，我多难受。

我还得告你，今天是我的生日！这个生日可过得妙，坐在一只小船上来想念你们，你们若算着日子，也一定想得起今天是我生日！我想同

你说话，却办不到，我想同大家笑笑，也办不到。我只有同水手谈话，问长问短，弄得他们哈哈大笑。我还为他们称三斤肉吃。但他们全不知道我如何发急，如何想我的行程。我还想自己照个小相，也无法照。我不知道怎么办就好一点。实在不知道怎么办。

三三，你只看我信写得如何乱，你就会明白我的心如何乱了。我不想写什么，不想说什么。我手冷得很，得你用手来捏才好……这长长的日子，真不好对付！我书又太带少了，画画的纸又不合用，天气又坏，要照相不便照相。我只好躲在舱中，把纸按在膝上，来为你写信。三三，我现在方知道分离可不是年轻人的好玩艺儿。当时我们弄错了，其实要来便得全来，要不来就全不来。你只瞧，如今还只是四分之一的别离，已经当不住了，还有廿天，这廿天怎么办！？

十四　四点三十分

忆麻阳船

　　天气还早得很，水手就泊了船，水面歌声虽美丽得很，我可不能尽听点歌声就不寂寞！我心中不自在。我想来好好地报告一些消息。从第一页起，你一定还可以收到这种通信四十页。

　　这时节正是五点廿五分，先前摇橹唱歌的那只大船已泊近了我的船边，只听到许多人骂野话。许多篙子钉在浅水石头上的声音，且有人大嚷大骂。三三，你以为这是"吵架"，是不是？你错了。别担心，他们不过是在那里"说话"罢了。他们说话就永远得用个粗野字眼儿，遇要紧事情时，还得在每句话前后皆用野话相衬，事情方做得顺手。这种字眼儿的运用，父子中间也免不了。你不要以为这就是野人。他们骂野话，可不做野事。人正派得很！船上规矩严，忌讳多。在船上客人夫妇间若撒了野，还得买肉酬神。水手们若想上岸撒野，也得在拢岸后的。他们过的是节欲生活，真可以说是庄严得很！

船中最美的恐怕应得数麻阳船。大麻阳船有"鳅鱼头"同"五舱子"，装油两千篓，摇橹三十人，掌舵的高据后楼，下滩时真可谓堂皇之至！我就坐过这样大船一次，还有床同玻璃窗，各处皆是光溜溜的。十四年后这船还使我神往。其次是小船，就是我如今坐的"桃源划子"。但我不幸得很，遇到几个懒人。我对他们无办法。我看情形到家中必需十天，这数目加上从北平到桃源的四天，一共就是十四天，下行也许可以希望少两天，但因此一来，我至多也只能在家中住四天了。我运气坏，遇到这种小船真说不出口。看到他们早早地停泊，我竟不知怎么办。照规矩他们又可以自由停泊的，他们可以从各样事情上找机会，说出不能开动的理由。我呢，也觉得天气太冷，不忍要他们在水中受折磨。可是旁人少受些折磨，我就多受些折磨，你说我怎么办？

　　我先以为我是个受得了寂寞的人，现在方明白我们自从在一处后，我就变成一个不能够同你离开的人了……三三，想起你我就忍受不了目前的一切了。我真像从前等你回信，不得回信时神气。我想打东西，骂粗话，让冷风吹冻自己全身。我明白我同你离开越远也反而越相近。但不成，我得同你在一处，这心才能安静，事也才能做好！我试过如何来利用这长长的日子写篇小说，思想很乱，无论如何竟写不出什么来。

一月十四下六时

泊缆子湾

我的小船已泊定了。地方名"缆子湾"，专卖缆子的地方。两山翠碧，全是竹子。两岸高处皆有吊脚楼人家，美丽到使我发呆。并加上远处叠嶂，烟云包裹，这地方真使我得到不少灵感！我平常最会想象好景致，且会描写好景致，但对于当前的一切，却只能做呆二了。一千种宋元人作桃源图也比不上。

我已把晚饭吃过了，吃了一碗饭，三个鸡子，一碗米汤，一段腊肝。吃得很舒服，因此写信时也从容了些。下午我为四丫头写了个信。我现在点了两支蜡烛为你写信，光抖抖的，好像知道我要写些什么话，有点害羞的神气。我写的是……别说了，我不害羞烛光可害羞！

三三，你看了我很多的信了，应当看得出我每个信的心情。我有时写得很乱，也就是心正很乱。譬如现在呢，我心静静的，信也当静静地写下去。吃饭以前我校过几篇《月下小景》，细细地看，方知道原来我文章写得那么细。这些文章有些方面真是旁人不容易写到的。我真为我自己的能力着了惊。但倘若这认识并非过分的骄傲，我将说这能力并非什么天才，却是耐心。我把它写得比别人认真，因此也就比别人好些的。我轻视天才，却愿意人明白我在写作方面是个如何用功的人。

我还在打量，看如何一来方把我发展完全，不至于把力量糟蹋到其他小事上去。同时还有你，你若用心些，你的成就同我将是一样的。我希望你比我还好，你做得到。一定做得到。我心太杂乱，只有写作能消耗掉。你单纯统一。比我强。

你接到这信时，一定先六七天就接到了我的电报。我的电一定将使你为难。我知道家中并无什么钱。上海那百块钱纵来了，家中这个月就处处要钱用。你一定又得为我借债，一定又得出面借债！想起这些事我很不安。我记起了你给我那两百块钱，钱被九九拿去做学费了，你却两手空空地在青岛同我蹲下去。结婚时又用了你那么多钱。我们两人本来不应当分什么了的。但想起用了那么多钱，三三到冬天来还得穿那件到人家吃茶时不敢脱下的大衣，你想，我怎么好过。三三，我这时还想起许多次得罪你的地方，我眼睛是湿的，模糊了的。我觉得很对不起你。我的人，倘若这时节我在你身边，你会明白我如何爱你！想起你种种好处，我自己便软弱了。我先前不是说过吗："你生了我的气时，我便特别知道我如何爱你。"现在你并不生我的气，现在你一定也正想着远远的一个人。我眼泪湿湿地想着你一切的过去！

三三，我想起你中公时的一切，我记起我当年的梦，但我料不到的是三三会那么爱我！让我们两个人永远那么要好吧。我回来时，再不会使你生气面壁了。我在船上学得了反省，认清楚了自己种种的错处。只有你，方那么懂我并且原谅我。

我因为冷得很，已把被盖改变了一下，果然暖多了。我已不什么冷了，睡觉时把衣脱去，一定更暖和了。我们的船傍着一大堆船停泊的，隔船有念书的，唱戏的，说笑话的。我船上水手，则卧在外舱吃鸦片烟，一面吃烟还是一面骂野话。船轻轻地摇摆着，烛光一跳一跳，我猜想你们也正把晚饭吃过为我算着日子。

我一哭了，便心中十分温柔。

我还有五天在这小船上，至少得四天。明天我预备做事了。

我希望到了家中，就可看到我那篇论海派的文章，因为这是你编的……我盼望梦里见你的微笑。

十五下

三三，船旁拢了一只麻阳船，一个人在用我那地方口音说话，我真想喊他一声！

还有更动人的是另一个人正在唱"高腔"，声音韵极了。动人得很！

你以为我舱里乱七八糟是不是？我不许你那么猜。正相反，我的舱中太干净了，一切皆放光，一切并且极有秩序，是小船上规矩！明天若有太阳，我当为这小舱照个相寄给你。照片因天气不好，还不开始用它。只是今天到柳林岔时，景致太美，便不问光线如何在船头照了一张……

　　我听到隔船那同乡"果囊①""果条伢哉②""果才蠢喃③"，我真想问问他是"哪那的④"人。三三，乡音还不动人，还有小孩的哭声，这小孩子一定也是"果囊"人的。哭的声音也有地方性，有强烈个性！

---

①②③④：片段凤凰话，意思依次为"那里""那个孩子""这真蠢""哪里的"。

今天只写两张

现在已九点钟，小船还不开动，大雪遮盖了一切，连接了天地。我刚吃过饭。我有点着急，但也明白空着急毫无益处。晚上又睡不好。同你离开后就简直不能得到一个夜晚的安睡。但并不妨事，精神可很好。七点左右我就起来看自己的书，校正了些错字，且反复检察了一会。《月下小景》不坏，用字顶得体，发展也好，铺叙也好。尤其是对话。人那么聪明！二十多岁写的。这文章的写成，同《龙朱》一样，全因为有你！写《龙朱》时因为要爱一个人，却无机会来爱，那作品中的女人便是我理想中的爱人。写《月下小景》时，你却在我身边了。前一篇男子聪明点，后一篇女子聪明点。我有了你，我相信这一生还会写得出许多更好的文章！有了爱，有了幸福，分给别人些爱与幸福，便自然而然会写得出好文章的。对于这些文章我不觉得骄傲，因为等于全是你的。没有你，也就没有这些文章了。而且是习作，时间还多呐。

我今天想做点事，写两篇短论文，好在辰州时付邮。故只预备为你写两张信。我的小船已开动了，看情形，到家中至少还得七天。我发现所带的信纸太少了，在路上就会完事，到家后不知用什么来写信。我忘了告你把信寄存到辰州邮局的办法了，若早记着这一种办法，则我船到辰州时，可看到你几封信，从家中回辰时，又可接到你一大批信了。多有你些信，我在路上也一定好过些。

我真希望你梦里来找寻我，沿河找那黄色小船！在一万只船中找那一只。好像路太远了点，梦也不来。我半夜总为怕人的梦惊醒，心神不安，不知吃什么就好些。我已买了一顶绒帽，同我两人在前门大街看到的一样，花去了四角钱。还不能得一双棉鞋，就因为桃源地方各处便买不出棉鞋。我也许到辰州便坐轿子回去，因为轿子到底快一些。坐轿人可苦一点，然而只要早到早回，苦点也不在乎了。天气太冷，空气也仿佛就要结冰的样子。乡村有鸡叫，鸡声也似乎寒冷得很。来得不凑巧，想不到南方的冷比北方还坏些。

又有了橹歌。简直是诗！在这些歌声中我的心皆发抖，它好像在为我唱的，为爱而唱的。事实上是为了劳动而自得其乐唱的。下水船摇橹不费事！

船坐久了心也转安静，但我还是受不了的。每一桨下去，我皆希望它去得远一点，每一篙撑去，我皆希望它走得快一点。但一切无办法。水太急了，天气又太冷。

今天小船还得上一个大滩，也许我就得上岸走路。这滩上照例有若干大船破碎不完地搁在浅水中，照例每天有船坏事。你可放心，这全是大船出的乱子，小船分量轻，面积小，还无资格搁在那地方的！并且上水从河边走，更无所谓危险。这信到你手边时，过三四天我一定又坐着这样小船在下滩了。那滩名"青浪滩"，问九九，九九知道。滩长廿五里，不到十分钟可以下完。至于上去，可就麻烦了，有时一整天。大船上去得一整天，小船则两三个钟头够了。天气好些，我当照个相，送给你领略一下，将来上行时有个分寸。四丫头一定不怕这种滩水，因为她的大相在旅行中还是笑眯眯的。

我小船已上一小滩了，水吼得吓人，浪打船边舱板很重。我不怕，我不怕。有了你在我心上，我不拘做什么皆不吓怕。你还料不到你给了我多少力气和多少勇气。同时你这个人也还不很知道我如何爱你的。想到这里我有点小小不平。

我今天恐不能为你作画了，我手冻得发麻，画画得出舱外风中去，更容易把手冻僵，故今天不拿铅笔。山同水越到上面也越好，同时也似乎因为太奇太好，更不能画它了。你若见到了这里的山，你就会觉得崂山那些地方建筑房子太可笑了。也亏山东人好意思，把那些地方也当成好风景，而且作为修仙学道的地方。真亏他们。你明年若可以离开北平了，我们两人无论如何上来一趟，到辰州家中住一阵，看看这里不称为风景的山水，好到什么样子。我还希望你有机会同我到凤凰住住，你看那些有声有色的苗人如何过日子！

　　三三，我的小船快走到妙不可言的地方了，名字叫"鸭窠围"，全河是大石头，水却平平的，深不可测。石头上全是细草，绿得如翠玉，上面盖了雪。船正在这左右是石头的河中行走。"小阜平冈"，我想起这四个字。这里的小阜平冈多着……

二哥

一月十六十点

第 三 张

　　我不是说今天只预备写两页信吗？这不成的。两岸雀鸟叫得动人得很，我学它们叫，文章也写不下去了。现在我已学会了一种曲子，我只想在你面前来装成一只小鸟，请你听我叫一会子。南边与北方不同的地方也就在此，南方冬天也有莺、画眉、百舌。水边大石上，只要天气好，每早就有这些快乐的鸟，据在上面晒太阳，很自得地啭着喉咙。人来了，船来了，它便飞入岸边竹林里去。过一会，又在竹林里叫起来了。从河中还常常可以看到岸上有黄山羊跑着，向林木深处窜去。这些东西同上海法国公园养的小獐一个样子，同样的色泽，同样的美而静，不过黄羊胖一点点罢了。

　　你还记得在崂山时看人死亡报庙时情形没有？一定还好好记得。我为那些印象总弄得心软软的。那真使人动心，那些吹唢呐的，打旗帜的，戴孝的，看热闹的，以至于那个小庙，使人皆不容易忘掉。但你若到我们这里来，则无事不使你发生这种动人的印象。小地方的光、色、习惯、观念，人的好处同坏处，凡接触到它时，无一不使你十分感动。便是那点愚蠢、狡猾，也仿佛使你城市中人非原谅他们不可。不是有人常常问到我们如何就会写小说吗？倘若许我真真实实地来答复，我真想说："你到湘西去旅行一年就好了。"但这句话除了你恐怕无人相信得过。

你这人好像是天生就要我写信似的。见及你，在你面前时，我不知为什么就总得逗你面壁使你走开，非得写信赔礼赔罪不可。同你一离开，那就更非时时刻刻写信不可了。倘若我们就是那么分开了三年两年，我们的信一定可以有一箱子了。我总好像要同你说话，又永远说不完事。在你身边时，我明白口并不完全是说话的东西，故还有时默默的。但一离开，这只手除了为你写信，别的事便无论如何也做不好了。可是你呢？我还不曾得到你一个把心上挖出来的信。我猜想你寄到家中的信，也一定因为怕家中人见到，话说得不真。若当真为了这样小心，我见到那些信也看得出你信上不说，另外要说的话。三三，想起我们那么好，我真得轻轻地叹息。我幸福得很，有了你，我什么都不缺少了。

二哥

十六午前十一点廿分

过梢子铺长潭

　　船已上了第一个大滩，你见了那滩会不敢睁眼睛。我在急流中画了三幅画，照了三个相。光线不好，恐怕照不出什么。至于画的画，不过得其仿佛罢了。现在船已到长潭中了，地方名"梢子铺"。泊了许多不敢下行的大船，吊脚楼整齐得稀有少见，全同飞阁一样，去水全在三十丈以上，但夏天发水时，这些吊脚楼一定就可以泊船了。你见到这些地方时，你真缺少赞美的言语。还有木筏，上面种青菜的东西，多美！

　　一到下午我就有点寂寞，做什么事皆不得法，我做了阵文章，没有意思，又不再继续了。我只是欢喜为你写信，我真是这样一个没出息的人……

　　我前面有木筏下来了，八个人扳桡，还有个小孩子。上面一些还有四个筏，皆慢慢地在下行，每个筏上四围皆有人扳桡。你想明白桡是什么，问问九妹，她说的必比我形容的还清楚。这些木筏古怪得有趣，上面有菜，有猪羊，还有特别弄来在筏上供老板取乐的。你若不见过，你不能想象它们如何好看、好玩！

我们的船既上了滩，在潭中把风篷扯满，现在正走得飞快，不要划它。水手们皆蹲在火边去了，我却推开了前舱门看景致，一面看一面伏在箱上为你写信。现在船虽在潭中走，四面却全是高山，同湖泊一样。这小船一直上去皆那么样，远山包了近山，水在山弯里找出路，一个陌生人见到，也许还以为在湖里玩的。可以说像湖里，水却不是玩的。山的倾斜度过大，面积过窄，水流太速，虽是在潭中，你见了也会头晕的。

…………

我的船又在上小滩了，滩不大，浪也不会到船上来，我还依然能够为你写信……路上并无收信处，我已积存了七封信，到辰州时一定共有十封信发出。我预备一大堆放在一个封套中当快信发出。

我的小船不是在小滩上吗？差一点出了事了。船掉头向下溜去，倒并无什么危险，只是多费水手些力罢了。便因为这样，前后的水手就互相骂了六七十句野话。船上骂野话不作兴生气，这很有意思。并且他们那么天真烂熳地骂，也无什么猥亵处，真是古怪的事。

这船上主要的水手有三块四毛钱一趟的薪水，每月可划船两趟。另一学习水手八十吊钱一年，也可以说一块钱一个月，事还做得很好。掌舵的从别处租船来划，每年出钱两百吊，或百二十吊，约合卅块钱到二十四块钱。每次他可得十五元运费，带米一两石又可赚两元，每次他大约除开销外剩五元，每月可余十来块钱。但这人每天得吃三百钱烟，因此驾船几十年，讨个老婆无办法，买条值洋三十元的小船也无办法。

想想他们那种生活，真近于一种奇迹！

我这信写了将近一点钟了，我想歇歇，又不愿歇歇。我的小船正靠近一只柴船，我看到一个人穿青羽绫马褂在后梢砍柴，我看准了他是个船主。我且想象得出他如何过日子，因为这人一看（从船的形体也可看出）是麻阳人，麻阳人的家庭组织生活观念，我说起来似乎比他们自己还熟习一点。麻阳人不讨嫌，勇敢直爽耐劳皆像个人，也配说是个人。这河里划船的麻阳人顶多，弄大船，装油几千篓，尤其非他们不可。可是船多货少，因此这些船全泊在大码头上放空，每年不过一回把生意，谁想要有那么一只船，随时皆可以买到的。许多船主前几年弄船发了财的，近几年皆赔了本。想支持下去，自己就得兼带做点生意，但一切生意皆有机会赔本，近些日子连做鸦片烟生意的也无利可图，因此多数水面上人生活皆很悲惨，并无多少兴致。这种现象只有一天比一天坏，故地方经济真很使人担心。若照这样下去，这些人过一阵便会得到一个更悲惨的境遇的。我还记得十年前这河里的情形，比现在似乎是热闹不少的。

今天也许因为冷些，河中上行的船好像就只我的小船，一只小到不过三丈的船，在那么一条河中走动，船也真有点寂寞之感！我们先计划四天到辰州，失败了，又计划五天到辰州，又失败了。现在看情形也许六天，或七八天方可到辰州了……我想起真难受。

二哥

十六三点廿五

夜泊鸭窠围

　　我小船停了，停到鸭窠围。中时候写信提到的"小阜平冈"应当名为"洞庭溪"。鸭窠围是个深潭，两山翠色逼人，恰如我写到翠翠的家乡。吊脚楼尤其使人惊讶，高矗两岸，真是奇迹。两山深翠，唯吊脚楼屋瓦为白色，河中长潭则湾泊木筏廿来个，颜色浅黄。地方有小羊叫，有妇女锐声喊"二老""小牛子"，且听到远处有鞭炮声与小锣声。到这样地方，使人太感动了。四丫头若见到一次，一生也忘不了。你若见到一次，你饭也不想吃了。

　　我这时已吃过了晚饭，点了两支蜡烛给你写报告。我吃了太多的鱼肉。还不停泊时，我们买鱼，九角钱买了一尾重六斤十两的鱼，还是顶小的！样子同飞艇一样，煮了四分之一，我又吃四分之一的四分之一，已吃得饱饱的了。我生平还不曾吃过那么新鲜那么嫩的鱼，我并且第一次把鱼吃个饱。味道比鲫鱼还美，比豆腐还嫩，古怪的东西！我似乎吃得太多了点，还不知道怎么办。

可惜天气太冷了，船停泊时我总无法上岸去看看。我欢喜那些在半天上的楼房。这里木料不值钱，水涨落时距离又太大，故楼房无不离岸卅丈以上，从河边望去，使人神往之至。我还听到了唱小曲声音，我估计得出，那些声音同灯光所在处，不是木筏上的簰头在取乐，就是有副爷们船主在喝酒。妇人手上必定还戴得有镀金戒子。多动人的画图！提到这些时我是很忧郁的，因为我认识他们的哀乐，看他们也依然在那里把每个日子打发下去，我不知道怎么样总有点忧郁。正同读一篇描写西伯利亚方面农人的作品一样，看到那些文章，使人引起无言的哀戚。我如今不止看到这些人生活的表面，还用过去一分经验接触这种人的灵魂。真是可哀的事！我想我写到这些人生活的作品，还应当更多一些！我这次旅行，所得的很不少。从这次旅行上，我一定还可以写出很多动人的文章！

三三，术筏上火光真不可不看。这里河面已不很宽，加之两面山岸很高（比崂山高得远），夜又静了，说话皆可听到。羊还在叫。我不知怎么的，心这时特别柔和。我悲伤得很。远处狗又在叫了，且有人说，"再来，过了年再来！"一定是在送客，一定是那些吊脚楼人家送水手下河。

风大得很，我手脚皆冷透了，我的心却很暖和。但我不明白为什么原因，心里总柔软得很。我要傍近你，方不至于难过。我仿佛还是十多年前的我，孤孤单单，一身以外别无长物，搭坐一只装载军服的船只上行，对于自己前途毫无把握，我希望的只是一个四元一月的录事职务，但别人不让我有这种机会。我想看点书，身边无一本书。想上岸，又无一个钱。到了岸必须上岸去玩玩时，就只好穿了别人的军服，空手上岸去，看看街上一切，欣赏一下那些小街上的片糖，以及一个铜元一大堆的花生。灯光下坐着扯得眉毛极细的妇人。回船时，就胡胡涂涂在岸边烂泥里乱走，且沿了别人的船边"阳桥"渡过自己船上去，两脚全是泥，刚一落舱还不及脱鞋，就被船主大喊："伙计副爷们，脱鞋呀。"到了船上后，无事可做，夜又太长，水手们爱玩牌的，皆蹲坐在舱板上小油灯下玩牌，便也镶拢去看他们。这就是我，这就是我！三三，一个人一生最美丽的日子，十五岁到廿岁，便恰好全是在那么情形中过去了，你想想看，是怎么活下来的！万想不到的是，今天我又居然到这条河里，这样小船上，来回想温习一切的过去！更想不到的是，我今天却在这样小船上，想着远远的一个温和美丽的脸儿，且这个黑脸的人儿，在另一处又如何悬念着我！我的命运真太可玩味了。

我问过了划船的，若顺风，明天我们可以到辰州了。我希望顺风。船若到得早，我就当晚在辰州把应做的事做完，后天就可以再坐船上行。我还得到辰州问问，是不是云六已下了辰。若他在辰州，我上行也方便多了。

现在已八点半了，各处还可听到人说话，这河中好像热闹得很。我还听到远远的有鼓声，也许是人还愿。风很猛，船中也冰冷的。但一个人心中倘若有个爱人，心中暖得很，全身就冻得结冰也不碍事的！这风吹得厉害，明天恐要大雪。羊还在叫，我觉得希奇，好好地一听，原来对河也有一只羊叫着，它们是相互应和叫着的。我还听到唱曲子的声音，一个年纪极轻的女子喉咙，使我感动得很。我极力想去听明白那个曲子，却始终听不明白。我懂许多曲子。想起这些人的哀乐，我有点忧郁。因这曲子我还记起了我独自到锦州，住在一个旅馆中的情形。在那旅馆中我听到一个女人唱大鼓书，给赶骡车的客人过夜，唱了半夜。我一个人便躺在一个大炕上听窗外唱曲子的声音，同别人笑语声。这也是二哥！那时节你大概在暨南^①读书，每天早上还得起床来做晨操！命运真使人惘然。爱我，因为只有你使我能够快乐！

二哥

我想睡了。希望你也睡得好。

十六下八点五十

---

① 暨南：这里指暨南大学女子部（中学），校址在南京。

梦 无 凭 据

　　我脱了衣又披起衣来写信了。天气太冷，睡不下去，还不如这样坐起来同你写点什么较好。我不想就睡。因为梦无凭据，与其等候梦中见你，还不如光着眼睛想你较好！你现在一定睡了，你倘若知道我在船上的情形，一定不会睡着的。你若早知道小船上一堆日子是怎样过的，也许不会让我一个人回家的。我本来身体很疲倦，应得睡了，但想着你，心里却十分清醒。我抓我自己的头发，想不出个安慰自己的方法。我很不好受。

二哥

十六日下十点十分

鸭窠围的梦

五点半我又醒了，为恶梦吓醒的。醒来听听各处，世界那么静。回味梦中一切，又想到许多别的问题。山鸡叫了，真所谓百感交集。我已经不想再睡了。你这时说不定也快醒了！你若照你个人独居的习惯，这时应当已经起了床的。

我先是梦到在书房看一本新来的杂志，上面有些希奇古怪的文章，后来我们订婚请客了，在一个花园中请了十个人，媒人却姓曾。一个同小五哥年龄相仿佛的中学生，但又同我是老同学。酒席摆在一个人家的花园里，且在大梅花树下面。来客整整坐了十位，只其中曾姓小孩子不来，我便去找寻他，到处找不着，再赶回来时客全跑了，只剩下些粗人，桌上也只放下两样吃的菜。我问这是怎么回事，方知道他们等客不来，各人皆生气散了。我就赶快到处去找你，却找不到。再过一阵，我又似乎到了我们现在的家中房里，门皆关着，院子外有狮子一只咆哮，

我真着急。想出去不成，想别的方法通知一下你们也不成。这狮子可是我们家养的东西，不久张大姐（她年纪似乎只十四岁）拿生肉来喂狮子了，狮子把肉吃过就地翻筋斗给我们看。我同你就坐在正屋门限上看它玩一切把戏，还看得到好好的太阳影子！再过一阵我们出门野餐去了，到了个湖中央堤上，黄泥做成的堤，两人坐下看水，那狮子则在水中游泳。过不久这狮子理着项下长须，它变成了同于右任差不多的一个胡子了……

醒来只听到许多鸡叫，我方明白我还是在小船上。我希望梦到你，但同时还希望梦中的你比本来的你更温柔些。可是我成天上滩，在深山长潭里过日子，梦得你也不同了。也许是鲤鱼精来作梦，假充你到我面前吧。

这时真静，我为了这静，好像读一首怕人的诗。这真是诗。不同处就是任何好诗所引起的情绪，还不能那么动人罢了。这时心里透明的，想一切皆深入无间。我在温习你的一切。我真带点儿惊讶，当我默读到生活某一章时，我不止惊讶。我称量我的幸运，且计算它，但这无法使我弄清楚一点点。你占去了我的感情全部。为了这点幸福的自觉，我叹息了。

倘若你这时见到我，你就会明白我如何温柔！一切过去的种种，它的结局皆在把我推到你身边心上，你的一切过去也皆在把我拉近你身边心上。这真是命运。而且从二哥说来，这是如何幸运！我还要说的话不想让烛光听到，我将吹熄了这支蜡烛，在暗中向空虚去说。

二哥

滩 上 挣 扎

我不说除了掉笔以外还掉了一支……吗？我知道你算得出那是一支牙骨筷子的。我真不快乐，因为这东西总不能单独一支到北平的。我很抱歉。可是，你放心，我早就疑心这筷子即或有机会掉到河中去，它若有小小知觉，就一定不愿意独自落水。事不出我所料，在舱底下我又发现它了。

今天我小船上的滩可特别多，河中幸好有风，但每到一个滩上，总仍然很费事。我伏卧在前舱口看他们下篙，听他们骂野话。现在已十二点四十分，从八点开始只走了卅多里，还欠七十里，这七十里中还有两个大滩、一个长滩，看情形又不会到地的。这条河水坐船真折磨人，最好用它来作性急人犯罪以后的处罚。我希望这五点钟内可以到白溶下面泊船，那么明天上午就可到辰州了。这时船又在上一个滩，船身全是侧的，浪头大有从前舱进自后舱出的神气，水流太急，船到了上面又复溜下。你若到了这些地方，你只好把眼睛紧紧闭着。这还不算大滩，大滩更吓人！海水又大又深，但并不吓人，仿佛很温和。这里河水可同一股火样子，太热情了一点，好像只想把人攫走，且好像完全凭自己意见做去。但古怪，却是这些弄船人。他们逃避急流同漩水的方法可太妙了，不管什么情形他们总有办法避去危险。到不得已时得往浪里钻，今天已钻三回，可是又必有方法从浪里找出路。他们逃避水的方法，比你当年避我似乎还高明。他们明白水，且得靠水为生，却不让水把他们攫去。他们比我们平常人更懂得水的可怕处，却从不疏忽对于水的注意。你实在还应当跟水手学两年，你到之江避暑，也就一定有更多情书可看了。

…………

我离开北平时，还计划到，每天用半个日子写信，用半个日子写文章。谁知到了这小船上，却只想为你写信，别的事全不能做。从这里看来我就明白没有你，一切文章是不会产生的。先前不同你在一块儿时，因为想起你，文章也可以写得很缠绵，很动人。到了你过青岛后，却因为有了你，文章也更好了。但一离开你，可不成了。倘若要我一个人去生活，做什么皆无趣味，无意思。我简直已不像个能够独立生活下去的人。你已变成我的一部分，属于血肉、精神一部分。我人并不聪明，一切事情得经过一度长长的思索，写文章如此，爱人也如此，理解人的好处也如此。

你不是要我写信告爸爸吗？我在常德写了个信，还不完事，又因为给你写信把那信搁下不写了。我预备到辰州写，辰州忙不过来，我预备到本乡写。我还希望在本乡为他找得出点礼物送他。不管是什么小玩意儿，只要可能，还应当送大姐点。大姐对我们好处我明白，二姐的好处被你一说也明白了。我希望在家中还可以为她们两人写个信去。

三三，又上了个滩。不幸得很……差点儿淹坏了一个小孩子，经验太少，力量不够，下篙不稳，结果一下子为篙子弹到水中去了。幸好一个年长水手把他从水中拉起，船也侧着进了不少的水。小孩子被人从水中拉起来后，抱着桅子荷荷地哭，看到他那样子真有使人说不出的同情。这小孩就是我上次提到一毛钱一天的候补水手。

这时已两点四十五分，我的小船在一个滩上挣扎，一连上了五次皆被急流冲下，船头全是水，只好过河从另一方拉上去。船过河时，从白浪里钻过，篷上也沾了浪。但不要为我着急，船到这时业已安全过了河。最危险时是我用～～号时，纸上也全是水，皮袍也全弄糟了。这时船已泊在滩下等待力量的恢复，再向白浪里弄去。

这滩太费事了，现在我小船还不能上去。另外一只大船上了将近一点钟，还在急流中努力，毫无办法。风篷、纤手、篙子，全无用处。拉船的在石滩上皆伏爬着，手足并用地一寸一寸向前。但仍无办法。滩水太急，我的小船还不知如何方能上去。这时水手正在烤火说笑话，轮到他们出力时，他们不会吝惜气力的。

三三，看到吊脚楼时，我觉得你不同我在一块儿上行很可惜，但一到上滩，我却以为你幸好不同来，因为你若看到这种滩水，如何发吼，如何奔驰，你恐怕在小船上真受不了。我现在方明白住在湘西上游的人，出门回家家中人敬神的理由。从那么一大堆滩里上行，所依赖的固然是船夫，船夫的一切，可真靠天了。

我写到这里时，滩声正在我耳边吼着，耳朵也发木。时间已到三点，这船还只有两个钟头可走，照这样延长下去，明天也许必须晚上方可到地。若真得晚上到辰州，我的事情又误了一天，你说，这怎么成。

小船已上滩了，平安无事，费时间约廿五分。上了滩问问那落水小水手，方知道这滩名"骂娘滩"（说野话的滩），难怪船上去得那么费事。再过廿分钟我的小船又得上个名为"白溶"的滩，全是白浪，吉人天相，一定不有什么难处。今天的小船全是上滩，上了白溶也许天就夜了，则明天还得上九溪同横石。横石滩任何船只皆得进点儿水，劣得真有个样子。我小船有四妹的相片，也许不至于进水。说到四妹的相片，本来我想让它凡事见识见识，故总把它放在外边……可是刚才差点儿它也落水了，故现在已把它收到箱子里了。

小船这时虽上了最困难的一段，还有长长的急流得拉上去。眼看到那个能干水手一个人爬在河边石滩上一步一步地走，心里很觉得悲哀。这人在船上弄船时，便时时刻刻骂野话，动了风，用不着他做事时，就模仿麻阳人唱橹歌，风大了些，又模仿麻阳人打呵贺，大声地说：

"要来就快来，莫在后面挨，呵贺——

"风快发，风快发，吹得满江起白花，呵贺——"

他一切得模仿，就因为桃源人弄小船的连唱歌喊口号也不会！这人也有不高兴时节，且可以说时时刻刻皆不高兴，除了骂野话以外，就唱：

"过了一天又一天，心中好似滚油煎。"

心中煎熬些什么不得而知，但工作折磨到他，实在是很可怜的。

这人曾当过兵，今年还在沅州①方面打过四回仗，不久逃回来的。据他自己说，则为人也有些胡来乱为。赌博输了不少的钱，还很爱同女人胡闹，花三块钱到一块钱，胡闹一次。他说："姑娘可不是人，你有钱，她同你好，过了一夜钱不完，她仍然同你好，可是钱完了，她不认识你了。"他大约还胡闹过许多次数的。他还当过两年兵，明白一切作兵士的规矩。身体结实如二小的哥哥，性情则天真朴质。每次看到他，总很高兴地笑着。即或在骂野话，问他为什么得骂野话，就说："船上人作兴这样子！"便是那小水手从水中爬起以后，一面哭一面也依然在骂野话的。看到他们我总感动得要命。我们在大城里住，遇到的人即或有学问，有知识，有礼貌，有地位，不知怎么的，总好像这人缺少了点成为一个人的东西。真正缺少了些什么又说不出。但看看这些人，就明白城里人实实在在缺少了点人的味儿了。我现在正想起应当如何来写个较长的作品，对于他们的做人可敬可爱处，也许让人多知道些，对于他们悲惨处，也许在另一时多有些人来注意。但这里一般的生活皆差不多是这样子，便反而使我们哑口了。

你不是很想读些动人作品吗？其实中国目前有什么作品值得一读？作家从上海培养，实在是一种毫无希望的努力。你不怕山险水险，将来总得来内地看看，你所看到的也许比一生所读过的书还好。同时你想写小说，从任何书本去学习，也许还不如你从旅行生活中那么看一次，所得的益处还多得多！

我总那么想，一条河对于人太有用处了。人笨，在创作上是毫无希

———————————

① 沅州：即芷江。

望可言的。海虽俨然很大，给人的幻想也宽，但那种无变化的庞大，对于一个作家灵魂的陶冶无多益处可言。黄河则沿河都市人口不相称，地宽人少，也不能教训我们什么。长江还好，但到了下游，对于人的兴感也仿佛无什么特殊处。我赞美我这故乡的河，正因为它同都市相隔绝，一切极朴野，一切不普遍化，生活形式、生活态度皆有点原人意味，对于一个作者的教训太好了。我倘若还有什么成就，我常想，教给我思索人生，教给我体念人生，教给我智慧同品德，不是某一个人，却实实在在是这一条河。

我希望到了明年，我们还可以得到一种机会，一同坐一次船，证实我这句话。

…………

我这时耳朵热着，也许你们在说我什么的。我看看时间，正下午四点五十分。你一个人在家中已够苦的了，你还得当家，还得照料其他两个人，又还得款待一个客人，又还得为我做事。你可以玩时应得玩玩。我知道你不放心……我还知道你不愿意我上岸时太不好看，还知道你愿意我到家时显得年轻点，我的刮脸刀总摆在箱子里最当眼处。一万个放心……若成天只想着我，让两个小妮子得到许多取笑你的机会，这可不成的。

我今天已经写了一整天了，我还想写下去。这样一大堆信寄到你身边时，你怎么办。你事忙，看信的时间恐怕也不多，我明天的信也许得先写点提要……

这次坐船时间太久，也是信多的原因。我到了家中时，也就是你收到这一大批信件时。你收到这信后，似乎还可发出三两个快信，写明

"寄常德杰云旅馆曾芹轩代收存转沈从文亲启"。我到了常德无论如何必到那旅馆看看。

　　我这时有点发愁，就是到了家中，家中不许我住得太短。我也愿意多住些日子，但事情在身上，我总不好意思把一月期限超过三天以上。一面是那么非走不可，一面又非留不可，就轮到我为难时节了。我倒想不出个什么办法，使家中人催促我早走些。也许同大哥故意吵架，你说好不好？地方人事杂，也不宜久住！

　　小船又上滩了，时间已五点廿分。这滩不很长，但也得湿湿衣服被盖。我只用你保护到我的心，身体在任何危险情形中，原本是不足惧的。你真使我在许多方面勇敢多了。

二哥

潭中夜渔

我只吃一碗饭，鱼又吃了不少。这时已七点四十，你们也应当吃过饭了。我们的短期分离，我应多受点折磨，方能补偿两人在一处过日子时，我对你疏忽的过失，也方能把两人同车时我看报的神气使你忘掉。我还正在各种过去事情上，找寻你的弱点与劣点，以为这样一来，也许我就可以少担负一份分离的痛苦。但出人意料的是我越找寻你坏处，就越觉得你对我的好处……

夜晚了，船已停泊，不必担心相片着水，我这时又把你同四丫头的相从箱中取出来了。我只想你们从相片上跳下来，我当真那么傻想……我应当多带些你们的相片来了。我还忘了带九九同你元和大姐的相片，若全带到箱子里，则我也许可以把些时间，同这些相片来讨论点事情，或说几个故事，或又模拟你们口吻，说点笑话……现在十天了我还无发笑机会。三三，四丫头近来吃饭被踢没有？应当为我每次踢她一脚。

还有九妹，我希望她肯多问你些不认识的生字，不必说英文，便是中文她需要指点的方面也就很多。还有巴金，我从没为他写信，却希望你把我的路上一切，撮要告给他，并请他写点文章，为刊物登载。还有杨先生①，你也得告他我在路上的情形。我为了成日成夜给你这个三三写信，别的信皆不曾动手，也无动手机会，你为我各处说一声就得了。

现在已九点了，这地方太静，静得有些怕人。晚上风又大了些，也猛了些，希望它明天还能够如此吹一天，则到辰州必很早。我想最好我再过五天可到家……我一切信上皆不敢提及妈的病，我只担心她已很沉重，又担心她正已复元，却因我这短期回家、即刻分离增加她老人家的病痛。我心虚得很。三三，这十多天想来我已有很多信件了，我希望其中并无云六报告什么不吉消息。我还希望你们能把我各处来信看看，应复的你且为我一一复去。我这一走必忙坏了你。

三三，这河面静中有个好听的声音，是弄鱼人用一个大梆子、一堆火，搁在船头上，河中下了拦江钓。因此满河里去搌梆子，让梆声同火光把鱼惊起，慌乱地四窜便触了网。这梆声且轻重不同，故听来动人得很。这种弄鱼方法，你从书上是看不到的。还有用火照鱼，用鸡笼捕鱼，用草毒鱼种种方法，单看书，皆毫无叙述。

我小船泊的地方是潭里，因此静得很，但却有种声音恐怕将使我睡不着。船底下有浪拍打，叮叮地响。时间已九点四十分，我的确得睡了……

---

① 杨先生：指杨振声先生。

弄鱼的梆声响得古怪，在这样安静地方，却听到这种古怪声音，四丫头若听到，一定又惊又喜。这可以说是一首美丽的诗，也可以说一种使人发迷着魔的符咒。因为在这种声音中，水里有多少鱼皆触了网，且同时一定也还有人因此联想到土匪来时种种空气的。三三，凡是在这条河里的一切，无一不是这样把恐怖、新奇同美丽揉和而成的调子！想领略这种美丽，也应得出一分代价。我出的代价似乎太多了点……我不放下这支笔，实在是我一点自私处。我想再同你说一会儿。在这样一叶扁舟中，来为三三写信，也是不可多得的！我想写个整晚，梦是无凭据的东西，反而不如就这样好！

…………

二哥

十七日下十时一刻

船泊杨家岇

历史是一条河

　　我小船已把主要滩水全上完了，这时已到了一个如同一面镜子的潭里。山水秀丽如西湖，日头已出，两岸小山皆浅绿色。到辰州只差十里，故今天到地必很早。我照了个相，为一群拉纤人照的。现在太阳正照到我的小船舱中，光景明媚，正同你有些相似处。我因为在外边站久了一点，手已发了木，故写字也不成了。我一定得戴那双手套的，可是这同写信恰好是鱼同熊掌，不能同时得到。我不要熊掌，还是做近于吃鱼的写信吧。这信再过三四点钟就可发出，我高兴得很。记得从前为你寄快信时，那时心情真有说不出的紧处，可怜的事，这已成为过去了。现在我不怕你从我这种信中挑眼儿了，我需要你从这些无头无绪的信上，找出些我不必说的话……

　　我已快到地了，假若这时节是我们两个人，一同上岸去，一同进街且一同去找人，那多有趣味！我一到地见到了有点亲戚关系的人，他们第一句话，必问及你！我真想凡是有人问到你，就答复他们"在口袋里"！

三三，我因为天气太好了一点，故站在船后舱看了许久水，我心中忽然好像彻悟了一些，同时又好像从这条河中得到了许多智慧。三三，的的确确，得到了许多智慧，不是知识。我轻轻地叹息了好些次。山头夕阳极感动我，水底各色圆石也极感动我，我心中似乎毫无什么渣滓，透明烛照，对河水，对夕阳，对拉船人同船，皆那么爱着，十分温暖地爱着！我们平时不是读历史吗？一本历史书除了告我们些另一时代最笨的人相斫相杀以外有些什么？但真的历史却是一条河。从那日夜长流千古不变的水里，石头和砂子，腐了的草木，破烂的船板，使我触着平时我们所疏忽了若干年代若干人类的哀乐！我看到小小渔船，载了它的黑色鸬鹚向下流缓缓划去，看到石滩上拉船人的姿势，我皆异常感动且异常爱他们。我先前一时不还提到过这些人可怜的生，无所为的生吗？不，三三，我错了。这些人不需我们来可怜，我们应当来尊敬来爱。他们那么庄严忠实地生，却在自然上各担负自己那分命运，为自己、为儿女而活下去。不管怎么样活，却从不逃避为了活而应有的一切努力。他们在他们那分习惯生活里、命运里，也依然是哭、笑、吃、喝，对于寒暑的来临，更感觉到这四时交递的严重。三三，我不知为什么，我感动得很！我希望活得长一点，同时把生活完全发展到我自己这份工作上来。我会用我自己的力量，为所谓人生，解释得比任何人皆庄严些与透入些！三三，我看久了水，从水里的石头得到一点平时好像不能得到的东西，对于人生，对于爱憎，仿佛全然与人不同了。我觉得惆怅得很，我总像看得太深太远，对于我自己，便成为受难者了。这时节我软弱得很，因为我爱了世界，爱了人类。三三，倘若我们这时正是两人同在一处，你瞧我眼睛湿到什么样子！

三三，船已到关上了，我半点钟就会上岸的。今晚上我恐怕无时间写信了，我们当说声再见！三三，请把这信用你那体面温和眼睛多吻几次！我明天若上行，会把信留到浦市发出的。

这里全是船了。

二哥
一月十八下午四点半

泸溪黄昏

我似乎说过泸溪的坏话，泸溪自己却将为三三说句好话了。这黄昏，真是动人的黄昏！我的小船停泊处，是离城还有一里三分之一地方，这城恰当日落处，故这时城墙同城楼明明朗朗的轮廓，为夕阳落处的黄天衬出。满河是橹歌浮着！沿岸全是人说话的声音，黄昏里人皆只剩下一个影子，船只也只剩个影子，长堤岸上只见一堆一堆人影子移动，炒菜落锅的声音与小孩哭声杂然并陈，城中忽然的一声小锣。唉，好一个圣境！

我明天这时，必已早抵浦市了的。我还得在小船上睡那么一夜，廿一则在小客店过夜，如《月下小景》一书中所写的小旅店，廿二就在家中过夜了。

明天就到廿了，日子说快也快，说慢又慢。我今天同昨天在路上已看到许多白塔，许多就河边石上捶衣的妇人，而且还看到河边悬崖洞中的房屋，以及架空的碾子。三三，我已到了"柏子"的小河，而且快要走到"翠翠"的家乡了！日中太阳既好，景致又复柔和不少，我念你的心也由热情而变成温柔的爱。我心中尽喊着你，有上万句话，有无数的字眼儿，一大堆微笑，一大堆吻，皆为你而储蓄在心上！我到家中见到一切人时，我一定因为想念着你，问答之间将有些痴话使人不能了解。也许别人问我："你在北平好！"我会说："我三三脸黑黑的，所以北平也很好！"不是这么说也还会有别的话可说，总而言之则免不了授人一点点开玩笑的机会。母亲年老了，这老人家看到我有那么一个乖而温柔的三三，同时若让这老人家知道我们如何要好，她还会更高兴的。我在辰州时，云六说："妈还说，'晓得从文怎么样就会选到一个屋里人？同他一样的既不成，同他两样的，更不好。'可是如今可来了，好了，原来也还有既不同样也不异样的人！"家中人看到我们很好，他们的快乐是你想不出的。他们皆很爱你，你却还不曾见过他们！

三三，昨天晚上同今晚上星子新月皆很美，在船上看天空尤可观，我不管冻到什么样子，还是看了许久星子。你若今夜或每夜皆看到天上那颗大星子，我们就可以从这一粒星子的微光上，仿佛更近了一些。因为每夜这一粒星子，必有一时同你眼睛一样，被我瞅着不旁瞬的。三三，在你那方面，这星子也将成为我的眼睛的！

你的二哥

十九下九时

辰州下行

　　我小船在一个两岸皆山、山半皆吊脚楼的某处过去，我想起应当为你写信了。我小船所到的地方，正是从辰州寄发一大堆信所写到的地方。上行时这些河边小屋如何感动了我，现在依然又有了机会到这种感动中来写信！这时已经快要入夜了。河边小屋在雨后屋瓦皆极黑，上面为炊烟包着浸着。远山还在雾里，同样在这条河中向上行驶的船，皆各挂了大小不等的白帆，沿河走去。有摇橹人歌声，有吶喊声。我的小船上的水手之一，已把晚饭菜煮好，只等待到了那个预定要到的站头，就抛了锚吃饭。今天从辰州开船时已七点八点，但船小而且轻，风又不大，故仍然走了八十九十里路。这小船应泊的地方名为潭口，明早便又得下最大的青浪滩了。照这样子算来，我是应当可以希望在八号到北平的。我也许到武昌停顿一天，把一点东西送给叔华。但我却愿意早见你们，不妨把东西从北平寄给她。这信是必须后天方能发出的，它将比我先到一天。

今早我上船时，大哥三弟皆送我到船边。船停顿的泥滩便是柏子小船停顿的泥滩，对河有白塔，河中有大小船数百，许多人皆同柏子一样，我感动得很！大哥在我小船开动以后还哑着个喉咙说："三月三人来啊，三月三人来啊！"他真希望你们来看看他经营的好看小屋，那屋在辰州地方很出色，放到青岛去时也依然是出色的。

信写到这里时我吃了一顿好饭，船停在河心买柴，吃完了饭站到外面看看，我无法形容所见的一切。总而言之，此后我再也不把北平假古画当宝贝了。

时间快要夜了，我很温柔地想着你。我还有八天方可见你，但我并不如上行时那么焦躁了。顺水行船也是使我不着慌的理由。我心很静，很温柔。

我因为在上面吃辣的太多，泻了许多天，上船来可好了。我一定瘦些了，我正希望到车上去多加点养料到身上去。我除了稍瘦一切都好，你放心。若这信比我先到，我得请求你不要睡不着觉，我至多只会慢这信一天到地的。

这次的船比上次还干净宽畅。

二哥

一日下五时卅七分

重抵桃源

　　我小船这时就到了桃源，想不到那么快的。这时大约还不过八点钟，算算时间，昨天从八点到下六点计十个钟头，今天从上六点到下八点计十四个钟头，一共廿四个钟头便把上行的六天所走的路弄完了。若不为了过常德取你的信，我明天是就可以到长沙的。若照如此经济办法说来，则从辰州到北平，也不过只需要七天或六天的日子罢了。我的小船这时已停泊了，我今夜还在船上睡觉，明天一早就搭了汽车过常德。我估想到那旅馆可以接到你三个信，有两个信却是同一天付邮的。这信中所说的正是我要听的话，不管是骂我也行，我希望至少有一个信，在火车上方不寂寞。我要水手为我买了十个桃源鸡蛋，也许居然还可以带一个把到北平。想到我不过五天就可以见着你，我今晚上可睡不着了。我有点发慌，我知道你们这时节是在火炉边计算着我的路程的。我仿佛看着你们。我慌得很！我们不在一块儿太久了！你真万想不到我每个日子如何地过。

我今天又看了一本新书，日本人所作的，提到近代艺术的一般思潮，文章还好却也不顶好。我想这种书你一定不高兴看，但这种书能耐耐烦烦看下去，对你实在很有益处。一般人不能作论文，不是无作论文的能力，只是不会作。看了这本书，也许多少有些好处。

这里有人用废缆做火炬，一面晃着一面在河边走路，从舱口望去好看得很。

二哥

二月二日晚

我有许多话要说，那说不出的，我用眼睛轻轻地全写在这纸上了，你看得出的。

飘零书简

复张兆和

三姐：

　　今天你来的电说拟缓来，不知为什么原因不上路。我猜想总有原因。若果这个信还可到你手边，我希望你对来不来好好打算一番。我到长沙时和杨先生商量到你们来好还是不来好，结果觉得能来还是来好。因为来到这里，大家即或过点困难日子，吃碗稀饭，也必比两地分开牵牵挂挂为妙。就目前情形，通信动不动即得半月，若两地交通一阻隔，我们心里不安，你们生活也不安，这种情形你可以想象得出。天气渐渐寒冷，十二月里海河一封冻，想来就不能再由天津坐船，到时必须坐车到塘沽，其不方便处不用提也明白。若不动身，则至少就得等到明年四月方可希望南行，战事到时如更恶化，如何走？走不动，信也难通，一年半载，说不定我还得向内地跑，这么办我恐怕你在北方日子过不了。纵生活无问题，精神上你受不了。你和孩子虽十分平安，还是不能安心，要做事，总有所牵绊，不便做。要写文章，不能写，要教书，心不安，教不下去。并且我自己知道你同时也知道，就是我离开你，便容易把生活转入一种病态，终日像飘飘荡荡，大有不知所归之慨。表面上生活即或还能保持常态，精神生活上实不大妥当。过日子不免露出萎靡不振神气，脑子且有点乱。你同我在一处时，就什么都好多了。可是如果你与我恰恰相反，在一处时为操心家事，为我种种麻烦，实在不大受用，离开我后，反而觉得一切简单得多，生活也就快乐得多。如果事实的确如此，我们就从长计划，你决定不即南行，依然和孩子留在北平不动，到得钱时，我即将钱寄来。（如能照八月得千五，必寄一千来。恐怕只有一千左右，有一千我也寄六百来。你想让九妹南行好，就让她过上海大姐处去。）不过这样办得先料到几件事：一是南北间隔，也许有半年音讯不通；二是我因事故会走入内地，离你更远；三是你在北方日子过得当真会好，且能安心过下去，又还对我放得下心，你自己又不会出什么不快乐不开心的事。你算算看，什么好就照你以为好的去做，我不强迫你做不乐意的行动。你不来事实上对我也未尝无好处，因为这时节住什么地方多久总难说定，要走动，一个人当然比一家人容易方便，有事变，一个人当然比一家人容易处置，要做事也还是独自一人好。可是这是"原则"，与"事实"相去稍远。事实是我们都得承认，如此时代，能在一处，不管过的是什么日子，总比离开好！你尽管说我不好，我在你身边时，麻烦你太多，共同过日子又毫无快乐可言，去你所理想太远，说不定留在北平，凡我所能给你的好处瑞菌或三婶就能代替，此外也正因为我不在你身边，还有更多想象不到的人给你的尊敬和友谊，使你觉得愉快。不过由我看来，两人的幸福，还是同在一处，方能得到。为孩子计，也是如此。为你计，也是如此。

你是不是仅仅为的怕孩子上路不便，所以不能下决心动身？还是在北方，离我远一点，你当真反而感觉快乐一点，所以不想来？不拘哪一种理由我都能了解而原谅，因为我爱孩子也愿意让你快乐。只是请告我一声，说明白了，免得我在这边发了电报写了信老盼望着，且总以为你已动身了，白着急，为你们路上经过而着急。我还得一本正经地同你说，不要以为我不明白你，或是埋怨你，疑心你，对你不肯南行就生气。我不生气。你即或是因为北平有个关心你，你也同情他的人，只因为这种事不来，故意留在北京，我也不妒忌，不生气。我这些地方顶明白道理，顶明白个人的分际。我近来因为读了些书，读了些关于生理学和人生哲学的书籍，反省自己，忽然产生了些谦卑情绪，对于我们的关系，增加了些义务感觉，减少了些权利感觉。这谦卑到极端时且流于自卑，好像觉得自己一切已过去了，只有责任在身。至于你，人既年轻，还有许多权利可得，虽做了两个孩子的母亲，不为的是报复，只为的是享受，有些人对于你的特殊友谊，能引起你的兴味时，还不妨去注意注意！我不是说笑话，不拘谁爱你或你爱谁，只要是使你得到幸福，我不滥用任何名分妨碍你的幸福。我觉得爱你，但不必需因此拘束你。正因为爱你，若不能够在共同生活上给你幸福，别的方面我的牺牲能成全你幸福时，我准备牺牲。有痛苦，我忍受痛苦。

为什么我说这些话？不是疑心你会如此如彼，只是我记起你某一时的感触，以及你的年龄，以为人事不可料者甚多，一个好端端的人也会发疟疾，害伤寒病，何况被人爱或爱人？我说真话，假若当真凑巧有这样事情到你生活上时，你完全不用顾虑到我，不用可怜我，更不用怕我，尽管做你以为是的好了。我这个人也许命运里注定要有那么一次担负的。我好像看到了这种幻景，而且俨然从这种痛苦幻景中，得到另外一种暮年孤寂生活的启示。我这人原来就是悲剧性格的人物，近人情时极近人情，天真时透底天真，胡涂时无可救药的胡涂，悲观时莫名其妙的悲观。想到的事情，所有的观念，有时实在不可解。分析起来大致有数点原因：一是遗传上或许有疯狂的因子；二是年纪小时就过度生活在幻想里；三是看书太杂，生活变动太大；四是鼻破血出，失血过多，用脑太过。综合结果，似乎竟成了一种周期的郁结，到某一时自己振作不起来，就好像什么也不成功，你同我分裂是必然的，同别人要好是自然的。我到头还是我，一无所能，一无所得，与社会一切都离得远远的，与你也离得远远的。真糟糕。救济它只有一法，在你面前就什么都转好了，一切颜色，气味，声音，都感觉很满意，人仿佛就站住了。你一时不来呢，活该受罪，受自卑到无以复加的罪。

这种周期性的自加惩罚，也许还是体力的缺陷，睡眠不足，营养不足的影响，也许竟只是写这种长信的影响。一次好好的睡眠和一顿好好的饮食，少写点信，多晒晒太阳，就会减轻许多，不过要它断根，可真不容易。你一定记得，就是我们在一起时，有时也会发生这种症候，情形怪糟的。

你放心，我说虽说得那么可怜，总还是想法自救，正如同溺水的人，虽然沉溺了，两手总还是捞着草根树枝，不让他下沉。日常生活照样打起精神干下去，而且极力找寻自己的优点，壮自己的气，想象世界明日的光明，以为个人值得努力生存。

　　给孩子和你自己照半打小相来，并来信告我，是不是当真觉得留在大城住下，对孩子好些，对你也觉得好些？不要为我设想，正因为只要你们过日子觉得好，我就受点苦也不碍事的。我极希望用我的痛苦换给你一点幸福快乐。（我应当如此，必须如此。）几年来由于我的粗心，我的胡涂，给你太多不愉快，我愿意照你意思安排，得到我能得的种种。

二弟

十一月六晚

张兆和复沈从文之一

二哥:

接到你廿三日的信，得知三哥病了的消息①，我们真非常难过，九妹流了许多眼泪，不过这也没有法子，幸而生的是这种病，我们除难过而外，对三哥却有无限敬意，写信时请告诉他，住在北方的我们，连同两个孩子在内，对他致深切的慰问和无上的敬礼。现在我们亟于要知道的，他的症状碍不碍事，有无完全复原的希望，希望上天同一切的神灵保佑他，使他得归于平安。

信写至此，报来了，看到报纸上鲜明的几行红字，南京完了！真快，这使我们不解。这里预备南京陷落，早已筹备庆祝大会，今天九时

---

① 三哥病了的消息：三哥即沈从文的弟弟沈荃，这里指沈荃在浙江嘉善阻击日军血战中负伤的消息。

将放炮庆祝，明天将张灯结彩，吹吹打打，大举游行，热闹盛况，较之保定太原陷落时当更过之，无不及也。

算算日子，杨小姐等早该到了，我这里已接得她廿三号由香港来的信，由香港到长沙，有樊先生等同行，途中安危当早顾虑到，只是我卅号拍一电至长沙，至今未得复，不知何故。

来信说钱又完了，杨先生也窘。幸而我们未冒险上路，这一大家人到了武汉，路费还不够，你说怎么办！难道全累倒杨先生么？说不过去。完全仰仗爸爸给寄钱，你那位丈母娘大人的脾气你难道还不知道，人情冷暖，我们非至万不得已时，勿遭人白眼才是。现在健吾既三番四次把钱给我们用，暂时日子有得过，只要大家苦苦也把难关渡过，精神好，身体好，一切都好办。希望你懂事一点，勿以暂时别离为意，我的坚持不动原早顾虑及此，留在这里也硬着头皮捏一把汗，因为责任太大，一家人的担子全在我身上，我为什么不落得把这担子卸到你身上，你到这时自可以明白，你当时来信责备得我好凶，你完全凭着一时的冲动，殊不知我的不合作到后来反而是同你合作了。

今天礼拜六也许可以见到王正仪，他不来，我拟去找他。钱拟付给他一百元。接到电报后即可去八姐处取钱。望省俭着用！

余不赘，颂安。

三妹
十二月十一

张兆和复沈从文之二

碧：

这几天天气太好，太阳照人温暖如小春时分，天气好得简直叫人生气。夜来一片月色，照在西窗上清辉适人。十二点，我起来给小弟弟吃一遍奶，吃完奶又把他身底下湿片换了。小东西像是懂得舒服似的，睁大了一双黑眼憨憨地笑，过后又把一只大拇指插进口中，呓呓唔唔入于半眠状态中了。小龙现在白天不睡，身上既不痒，晚间睡得沉熟，开灯轻易不会醒来。睡得红红的小脸，下部较你在时丰腴得多，头发三个月未剪，已过耳齐眉，闭着眼，蜷着身子，两只膀子总是放在被外边，身上放散着孩子特有的温香。我捏熄了灯，可是想到你白天来的两封挂号信，想这样，想那样，许久不能成寐。这几天我想的可太多了。种种不容人只图眼前安逸，不把眼光放射得远一点。我觉得我们以前的生活方式是一种错误，太舒服了，不是中国人的境遇所许可的。一次战争，一回淘汰，一种实验，死的整千整万地死去，活着的却与灾难和厄运同在，你所说的"怎样才配活下去？"正是我想了又想的。我脑筋十分清晰，可是心难免有点乱。我不知道你此时是否在武昌，抑或已同那一群不同姓氏却同患难的亲友，经过若干风涛险滩，到了你故乡那个小乡城了。我觉得故乡虽好，却不能久呆，暂时避难则可，欲图谋个人事业发展，故乡往往是最能陷人的。杨先生事情多，恐怕也不能隐身到内地去。杨家姐弟若无处可住，你把他们安插到辰州倒好。小五弟若能回家，顶好是让他同家里人在一起；家乡不能去，你就带着他跑吧。至于我这里，你可以完全放心，不论你走多远，我同孩子总贴着你极近。前一礼拜挂号寄出孩子相片多张，不知你是否可以得到。希望你常常想念着我们。苏州家屋毁于炮火，正是千万人同遭命运，无话可说。我可惜的是爸爸祖传下的许多书籍，此后购置齐备不可能了。至于我们的东西，衣物瓷器不足惜，有两件东西毁了是叫我非常难过的。一是大大的相片，一是婚前你给我的信札，包括第一封你亲手交给我的到住在北京公寓为止的全部，即所谓的情书也者，那些信是我俩生活最有意义的记载，也是将来数百年后人家研究你最好的史料，多美丽，多精彩，多凄凉，多丰富的情感生活记录，一下子全完了，全沦为灰烬！多么无可挽救的损失啊！我唯一的希望是大姐回乡时会收检一下我的东西，看是否有重要的应当带走，因而我们的信件由此得救，可是你来信却说大姐他们走时连衣物都未及带，我的东西当然更顾不到了。我现在的唯一希望是我们的房子能幸免于难，即或房子毁了，东西不至于全部烧毁，如有好事的窃贼，在破砖碎瓦中发现这些宝贝，马上保存起来，将来庶几可以同它们见面，我希望如此。为这些东西的毁去我非常难过，因为这

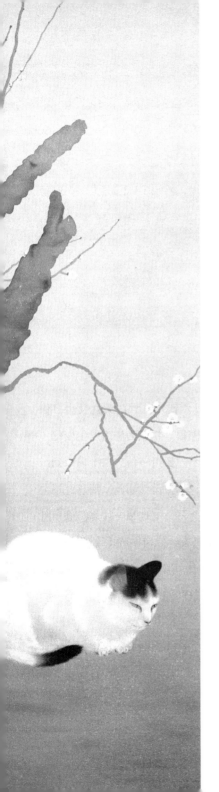

是不可再得的，我们的青春，哀乐，统统在里面，不能第二次再来的！我懊悔前年不该无缘无故跑苏州那么一趟，当时以为可以带了它们到苏州避难，临回北方来时又以为苏州比北京安全，又不曾带来，又不曾交把大姐或一个别人，就只一包一包扎好放在那个大铁箱子里。铁箱既无钥匙留下，她们绝不会打开看看，真是命运！

杨家姐弟到底到了没有？我挂念得很！

你那边来的信件十有九被检查，此去信件不知也被检否？请你注意一下，我的信是否按次能收到？复我。

信得后，无论你在哪里，可写信请八姐寄一百元给你，因前天已付王正仪百元。如已得，就不必提了。

祝安好

叔文

张兆和复沈从文之三

甲辰：

　　前昨两日接连收到十二日写紫一、廿六紫八、廿八紫九及卅日信四件，十四日紫二、十五日紫三则在月初即得。初以为济南发生变化，此后信由香港绕道北来，必在一月左右，不想最近一信，二十日即到，虽则次序排列颠倒得太厉害，有的还不曾送到，虽然如此，消息还不至完全断绝，亦云幸矣。此后你作万里云南之行，书信每一往复，逾一月二月就不可知了。云南号称蛮夷之邦，地多瘴疬，不知你可能服那地方的水土。现在公路既通，一切应当不同一点。那边熟人除徽因一家外还有谁？同行还有何人？到那地方想仍继续以前编书工作，汪和宗当亦同行。如此，杨小姐一家人作何打算？盼一一见告。

　　你说夏云行将北来，听了真叫我高兴，这边熟朋友全走了，住下来实在乏味，夏云来我们多有个熟人热闹热闹，况且他是从你身边来的，是半年来第一个从你身边走来的人，我是多么热切地盼望他快来啊。我盼望他能告诉我你的近况以及你未来的打算，还有你对于我们的种种，我愿意听听你的意见。前天黄先生来此，她半月内即南下，由香港返湘。她劝我们最好能早行，因战事扩大，这地方难免不被波及，且长此下去，生活无着，愈陷愈深，更不可拔。我因种种问题，仍未断然决定，一因路费不足，二因天气尚寒，三则你的居处无定，跑到长沙，还得往你身边跑，这么长的路程是不是孩子们所能受得了的，种种都待考虑。我想迟一二月再看情形，也许先到上海，到上海虽亦不是好办法，但总算走了几分之几的路程，离你们近一点，有落脚的地方，休息一月半月再往南走。我这计划能否实现，要看彼时局势及自己经济情形如何决定。来信说已得了钱，如果可以寄来，我们有了路费，随时可以上路，我也胆壮多了。不知道你领得的是不是如以前的数目？这边已领过健吾三个月（十一、十二、一月）的钱，计三百元，希望你从那边寄还他，此后他的钱就请基金会迳寄上海，我不再领了。之琳款寄不去，我为代收，每月八十，自二月份起由我取用（十月百二十元交我手，十一月寄川，十二月、一月由念生太太取去），他若需用你寄点把他，此外你借用杨先生二姐的钱，希望你尽可能地还清他，我们个人生活清苦一点无妨，现在谈不到享受，能以不饥不寒就很好了。举债过多不还，将来越积越多，添增累赘，希望这一点你能听我的话。上月十四日王正仪曾拍一电给八姐，请她由家里付你百元，现在知道电报在路上也得走个十天半月，所以你离武汉若在廿日前后，此款必不能得，究竟如何，来信盼一提及。如已不需，告诉我，我将仍从正仪处把钱取回。一星期前曾寄一信（挂号）至沅陵，当时因多日不得你信，不知详情，颇觉纳闷，信寄家中由你大哥转，当可送到你手边，在那信中我曾说道想谋一小事做做，现在则似不必须了，我们在此既不能久留，一切不谈。

来信说，不管我们离得多远，你将为我好好地做人，将为孩子做个好父亲，使他们将来以有你这样一个父亲为荣，听这个话，我心里熨贴极了。我希望你真能做到这样，我希望这不是一句空话，不是一时拿来安慰我的空话。我现在身体很好，精神有时振作，有时又十分萎靡。我不知道你现在置身何所，想到你有那样一个艰苦的旅途，想到你越走越远，我们不知要经过若干时日若干困难始能会面，心中自不免难过。孩子在我身边，身体不会坏（不乱吃东西），习惯不会坏，只是妈妈是个性情太收敛的人，只担心孩子们个性不发扬，怯弱，无能，如同妈妈一样。不过小龙就比我泼辣，嘴也比妈妈强。小龙常常想念你，要到爸爸家去。说："我们一同回合肥，爸爸在湖南，不带爸爸去。"他就哭，眼泪真挤出来了。已认识不少字，吃饭时，必在垫桌子的报纸上找他认得的字，一面吃一面看，那种对吃饭毫无兴味满不在乎的神气，活像小从文。公公婆婆最疼他，每天除吃饭睡觉外，多半时间跟着婆婆，谈这样，问那样，琐琐碎碎的，但却清清楚楚，颇为三婶解闷不少。公公境况不好，常常发大脾气骂人，见到龙总是喜

笑颜开，认为奇货，赞不绝口。小龙要常同他在一起，听他言说，窥他行动，才看得出他的趣处。小虎则第一面就给人好印象，瑞菡、邓二小姐、王家姨父，一来便抱不释手，连医学生的姨父都说这样健康的孩子是他见所未见，由此你可以知他的壮实。其实这孩子自生以后就不大采用最新科学卫生的养育方法，现在更甚。橘子水，鱼肝油，奶粉，种种高贵的滋补食品，向来与彼无缘，连做母亲的也不特别为他喝什么汤汤水水，却长得那么好，真出人意表之外。不见得美，却自有他蛮憨可爱处，第一在头发，越长越黑，越曲，第二在眼睛，大而亮，睫毛长，蓝芬芬的颜色。我总疑心种因于某一次青岛海天的清明美妙，一定是有一次那海上的天空太美了，给我们印象过深，无意中就移植于孩子的眼睛里。孩子们累我，却也消散去我心上漫漫的迷雾，孩子们究竟是好的。

又得你紫六、紫七两信，写的是由武汉至长沙情形。你现在在哪里？我有许多话要说，那说不出的，我用眼睛轻轻地全写在这纸上了，你看得出的。我要你保重自己，爱我们，爱一切的人！

兆

一月廿日夜

张兆和复沈从文之四

二哥：

　　这张纸在桌上摆了一整天了，早上就预备写——不，前天就预备写的信，这时候才来动笔，两孩子已睡定，鼾声停匀，神态舒适，今晚这封信大概可以完成，可是信寄到时，你应已作万里云南之行了。

　　两孩子都种了痘，小的情形好，痘已发，连第一次种痘例有的烧热都未见有，身体算好。大的可糟，又像去年一样，冻病了。本来可以不用脱衣的，因为我已特地为他换了一件袖子宽大的毛线衣，讨厌的人人医院的护士，一定要脱，把衣服脱掉露出光膀子种，种完了又得等干，干了以后才包扎穿衣，这样就冻着了，烧热两日，情形可怜，瞧着怪难过。幸而现在已好，成天喊肚子饿，淘气得很。小虎的毛衣同内衣因我已预先改制过，故未着凉，他身体原来好，也经事些。

连日接上月廿二、廿四、廿五、廿九及三月一日各信，知萧乾已行，你们不出十天也得上路。我寄沅陵信你才收到两信，不明白这边情形，难怪你着急。家里大小，除了小龙种痘出了上述的毛病外，其余人个个身体不错。九妹一切都好，只是处在目前情形下，日子似过得更无聊。有一天晚上，我们正吃饭，谈着别人家的闲话，她忽然哭了，我不知道什么缘故，第二天饭也不吃了，只吃了些面。那天她曾有一封信寄给你，我猜她一定是太寂寞，遇事便不如意。那两天正赶着小龙发烧，小虎第一次种痘，我也伤风，又得喂奶。我不会说话，不能像你在家那样哄哄说说，骂骂又笑笑，心里揪做一团，一点办法没有。她又像是不高兴我，又说全然不干我事，只是她自己想着难过罢了。所幸过了两日，暗云即过，脸上又见了笑容，现在到孙姐家去了，今天已住了第三日。以前她老说要走，说就是做叫花子到自己的地方总高兴些。前一阵，那个一见飞机来就吓得脸色发白两腿直打哆嗦的邓小姐来，商量同九妹去南方，她们觉得住在这里无聊，闲着又惭愧，要走，要找工作做，说是任什么苦都得忍受。对这意见我不敢赞同，因为我知道她们俩都不是能吃苦的人，无非唱唱高调罢了。可是若当真有一天她不愿住到这里，一定要走，你又不在这里，我想到我身上的责任，我极烦恼。我自己呢，日夜为两个孩子绊着，用的人，一个太老，一个太娇，自己又不能干，因此就显得更忙更累。你屡次来信说要我译书，是你不明白我的情形。说起来心痛，这样下去，我也完了。我现在唯一的愿望，是俭俭省省地过，大家能相安，帮助我把这难关渡过，因为要俭省，就不得不自己多添忙累，因为要俭省，就使得家里人心里不愉快，这是必然的结果。可是这个家在我手里，我不省怎么办？你向来是大来大去惯了的，你常常怪我太省，白费精神，平日不知节俭，这时候却老写信要我俭省，你不是把恶人同难题都给我做吗？事情看来容易，说来容易，临到自己做来就全然不同了。我不会说话，不愿说话，我心里种种，你明白，你明白的。你们难民团有人不守秩序，给你的烦恼，你觉得难受，又说不出，而我，一向就是过的你那样生活的。

前两天又得杨先生自长沙金城银行汇来二百元，打算全部还给健吾，就同他清账了。另寄一百五十也交健吾，一百是之琳预备寄回家的，五十之琳还芦焚，这一还，我这边就不欠什么账了（只用过之琳一百六十，二月三月的钱）。

今天小龙收到大伯伯的信，我念给他听，听后他抿着嘴笑，他有一张放大的相，王家姨父放的，将送给大伯与大妈。

"其"字你常用错，如"王树藏还好，萧乾每日逼其写字读英文"，这就错了，因为"其"字一向作"他的"解，如"杨大少爷与其新妇"就对了。我怕你写信给别人也会写错，故而相告，你莫又讥笑我是文法大家啊！

接之琳信，合肥我们一家人已上行到了汉口，一部分人且已入川，四妹尚拟留汉口找事做。你们若得知他们确实地址，见告为要。

这边又有了谣言，都说四月里不妥当。瑞菡一家人劝我们去上海，我想同夏老表、常风、正仪诸人商量商量。夏云到平后只来过一次，至今未来。若不走，在下月中旬就得搬进那小而破的房子去。

九妹回来了，她说想去上海，又想回沅陵。回家太危险，无伴怎能去？到上海又将累大姐，奈何！

三

致 张 兆 和

三姊：

　　这信是托一个人带来的。我为给你写信，脑子全搅乱了，不知要如何写下去好。我很希望依然能够从从容容同你谈点人事天气，我写来快乐点，你看来也舒服点，但是办不到。一写总像是同你生气似的，我为你前一来信工作又搁了一礼拜。心里很乱，头很乱，信写来写去老是换纸。写到后来总不知不觉要问到你究竟是什么意思，是打算来，打算不来？是要我，是不要我？因为到了应当上路时节还不上路，你不能不使人惑疑有点别的原因。你从前说的对我已"无所谓"，即或是一句"牢骚"，但事实上你对于上路的态度，却证明真有点无所谓。我所有来信说的话，在你看来都无所谓。

　　你的迁延游移，对我这里所有的影响是什么事也不能做，纵做也不会好。这样下去自然受不了。

所以我现在同你来商量，你想来，就上路，不愿意来，就说"不来"（不必说什么理由，我明白理由）。从你信上说准了不来，我心定了，不必老担着一分心，更不必要朋友代为担心，我就要他们把护照寄回缴销，了一件事。如此一来，你不会再接我这种无理催促的信，过日子或安静一点，我不会巴巴白盼望，脑子会好一点。

　　决定不来后，这半年还要多少钱，可来信告诉我一声，当为筹措拨来。我这里一切情形，你无兴味，我将不至于再来连篇累牍烦你了。（你只说是为孩子，爱他，怕他们上路受苦所以不来，不以为是变相分离，这一切都由你。）我这里得到你决定不来信息后，心一定，将重新起始好好地过日子下去。再不做等待的梦，会从实际上另外找出点工作去做。

　　我们这里事务年底结束一部分，明年从新另作。你们来，我自然留下不动，若不来，或到那时我就换个地方。有好些地方我都可去，同小龙三叔一处，就是种很好的生活。虽危险点，意义也好点。

　　给我来信时说老实话，不要用什么不必要的理由，表示你"预备来，只是得等等"，如此等下去。这么等下去是毫无意义的，费钱，费事，费精神的。时移世变，人寿几何？共同过日子，若不能令你满意，感到麻烦和委屈，我为爱你，自然不应当迫促你来受麻烦受委屈。只要你住下来心安理得，我为忏悔数年来共同生活种种对不起你处，应尽的责任必尽。为了种种不得已原因，我此后的信或者不能照往常那么多了，还望你明白这时正是战争，话不好说，也无什么可说，加以原谅。你只好好照料孩子，不必以远人为念。我自己会保重，因为物质上接济，对孩子们责任，我不至于因你任何情形，我就不肯负责。凡是我对你们应尽的责任，永远不会推辞。

我心乱也只是很短期间的事，痛苦也不久长，过不多久就会为"职务"或"责任"上的各种工作，来代替转移了。我很愿意你和孩子幸福而快乐。很愿意你觉得所有的打算，的确使你少些麻烦，忘掉委屈。单独住下来比同我在一处，有意思些，安静些，合乎理想些。

我写到这里时心很静，不生气，不失望。我依然爱你和孩子，虽然你们对于我即或可有可无，我也不在意。这里天气热时，可以穿夹衣，今天天气又冷一点，我的厚驼线袍又上身了。桌上有两个孩子的相片，很乖很可爱。我看了许多书，看书的结果，使我好像明白了些过去不明白的事情。看苏格拉底，那种做人的派头，很有意思。看……写这个信时，竟似乎把六七年写信的情绪完全恢复过来了。你还年轻，不大明白我，我也不需要你明白。你尽管照你打算去生活吧。

我很想用最公平的态度，最温和的态度，向你说，倘若你真认为我们的共同生活，很委屈了你，对你毫无好处，同在一处只麻烦，无趣味，你无妨住下不动。倘若你认为过去生活是一种错误，要改正，你有你的前途，同我长久在一处毁了你的前途，要重造生活，要离开我重新取得另外一分生活，只为的是恐社会不谅，社会将事实颠倒，不责备我却反而责备你，因此两难，那么，我们来想方设法，造成我一种过失（故意造成我一种过失），好让你得到一个理由取得你的自由，你的幸福。总之在共同生活上若不能给你以幸福，就用一别的方法换你所需要幸福，凡事好办。我在小问题上也许好像是个难说话的人，在这些大处却从无损人利己企图，还知所以成人之美，还能忍受，还会做人。我很希望你处置这类事，能用理智，不用情感。不必为我设想，我到底是一个男子，如果受点打击为的是不善待你而起，这打击是应当忍受的。我已经是个从世界上各种生活里生活过来的人，过去的生活上的变动太大，使我精神在某方面总好像有点未老先衰的神气，在某方面又不大合乎常态，在某方面总不会使近在身边的人感到满意，都是很自然的，不足为奇的。我也可以说已经老了。你呢，几年来同我在一处过日子，虽事事委屈你受挫折麻烦，一言难尽。孩子更牵绊身边，拘束累赘，消磨了少年飞扬之气不少。但终究还年轻得很，前途无限。在情感上我不绊着你，在行为上孩子不绊住你，你的生活还可以同许多女孩子一样，正可在社会上享受各种的殷勤，自由选择未来的生活。要变更生活，重造生活，只要你愿意，大致是非常便利的！不用为我设想，去做你所要做的事情吧。倘若我们生活在委屈你外一无所得，我决不用过去拘束你的未来行为。你即或同我在一处，你还有权利去选择你认为是好的生活。你永远是一个自由人。

我把住处已整理得很好了，窄而小，可是来个客坐下时很舒适。两个长篇已开始载出，一个八月十三起始，一个八月七号起始。我想想，我这个人在生活上恐怕得永远失败了，弄不出什么好成绩了，对家人，朋友，都不容易令人如何满意（即或我对此十分努力也是徒然），我的唯一成就，或者还是一些篇幅不大的小册子。我的理想，我的友谊，我的热情，我的智慧，也只能用在这一堆小册子上。即如这些作品，所谓最好的读者，也不会对之有多少认识，不过见着它在社会上存在，俨然特殊的存在，就发生一点兴味罢了。真正说来倒是孑然孤立存在到这个世界上，倏然而来悠然而去，对这个流俗趣味支配一切的世界是不生多大影响的。想到这里，我毫无悲伤情绪。我正在学习古来所谓哲人，虽活在世界上，却如何将精神加以培养，爱憎与世俗分离，独立阅世处世的态度。学认识自己，控制自己，为的是便于观察人生，了解人生。自己做到不忧，不乐，不惧，不私地步，看一切就清楚许多。目前还不免常有所蔽，学养不到家，因此易为物围。在作品上能表现"明察"，还不能表现"伟大"，再经过一些试练——一些痛苦的教训，一种努力，会不同点。间或也不免为一些人事上的幻念所苦，似乎忍受不来，驾驭不住，可是一切慢慢地都会弄好的。譬如你即或要离我他去，我也会用理性管制自己，依然好好地做事做人，且继续我对孩子应负的责任。在任何情形下我将学习"不责人"的生活观。不轻于责人，却严以律己，将自己生活情感合理化，如此活在这个社会中，对于个人虽很容易吃亏，对于人类说不定可望有一点不大不小的贡献。

不要以为我说的是气话，我无理由生你的气。我告你的是你应当明白的。至于你自己呢，你似乎还不大明白你自己，因此对我竟好像仅仅为迁就事实，所以支吾游移。对共同过日子似乎并无多大兴味，因此正当兵荒马乱年头，他人求在一处生活还不可得，你却在能够聚首机会中，轻轻地放过许多机会。说老实话，你爱我，与其说爱我为人，还不如说爱我写信。总乐于离得远远的，宁让我着急，生气，不受用，可不大愿意同来过一点平静的生活。你认为平静是对你的疏忽，全不料到平静等于我的休息，可以准备精力做一点永久事业。你有时说不定真也会感到对我"无所谓"，以为许多远近生熟他人，对你的尊敬与爱重，都比我高过许多，而你假若同其中一个生活，全会比同我在一处更合宜，更容易发展所长。换言之，就是假若和这些人过日子，一定不至于有遇人不淑之感。可是你却无勇气去试验，去改造。这有感想难实现的种种，很显然只能更增加你对事实上的我日觉得平凡，而对于抽象中的他人觉得完美。我很盼望你有机会证实一下你的想象，不必为我设想，去试验另一种人生。如果能得到幸福，那是你应当得到的幸福，如果结果失望，那你还不妨回头，去掉那点遇人不淑之感，我们还可把生活过得上好！你既不能如此，也不肯如彼，所以弄得成现在情形。你要怎么办（爱我或不爱我），我就不大明白，你自己也仿佛不十分明白。（正因为如果自己很明白，就不至于对行止游移，且在游移中迁延时日了。）不相信试去想想，分析一下自己，追究一下自己，看看这种游移是不是恰恰表现你主意不定的情状。（表示你不愿来，不能去，以如此分开权为得计的情状。）这么分开两地，原来只是不得已而如此，你却转以为好，有办法和机会带孩子来，尚不自觉见出你乐于分居的态度。我说的不自知，正即谓此。你还不大知道这么办对目前为得计，对长久如何失计。因为如此下去，在你感觉中对我的遇人不淑之感，即或因"眼不见心不烦"可以减少一些，对人的证实幻想机会却极多，又永不去完全证实一下，情形就很容易成为对我的好意的忽略，对自己无决断无判断力的继续，你想想，这于你有什么好处？孩子有什么好处？你对南行的态度就恰恰看出你对生活的态度。你若自己知道的多一点时，行或止会都有更确定的主张，拿得出这种主张。

在来信上我老爱问你："究竟意思是怎么样？"因为你处处见出模糊。我还要说"一切由你"，免得你觉得我对你有所拘束，行动不能自由，无从自主。我很需要你在一切自由情形下说明你的意思。要甘苦与共地同过患难日子？要生活重造不再受我的委屈？要不即不离维持当前形势？不妨在来信中说个明白。我可以告你的是：我决不利用我的地位，我的别的拘束你，限制你，缠缚你。你过去当前未来永远是个自由人。你倘若有什么理想，我乐于受点损害完成你的理想。你要飞，尽可飞。你如果一面要迁就事实，一面又要违反事实，只想两人生活照常分得远远的，用读读来信打发日子，我只怕在短期中你会失望，这种信写得来也寄不来，因为这时代是"战争时代"！看看这一天又过去了，什么事也不能做，写了那么多"老话"。斜阳在窗间划出一条长线，想起自己的命运，转觉好笑。我自己原来处处还是一个"乡下人"，所有意见与计算，说来都充满呆气，行不通的。家庭生活不能令你发生兴趣，如此时代，还认为在一处只有麻烦，离得远远的反而受用，你自然是有理由的。我的生活表面上好像已经很安定了，精神上总是老江湖飘飘荡荡。情绪上充满了悲剧性，都是我自己编排成的，他人无须负责也不必给予同情的。我觉得好笑，为什么当时不做警察，倒使我现在还愿意做一警察。

四弟兆顿首

八月十九

霁清轩书简

致 张 兆 和

三姐:

回来好累,睡了大半天才回复。事情都照吩咐办好,只是把小钥匙也带回来了,一面龙龙又想来看看学校,所以派他回城送钥匙。更重要的还是将以瑞信送上,看看你就知道,这一月恐怕是重头戏!是不是我进城看卷子时,就听他来和孩子们住,反而经济省事?这待你斟酌,或许那么也好。他信是今天晚上才得到的,信上说一号车来,你还得事先过中老胡同安排一番!如果他一来金堤不肯再住,还得将住下一切事传授以瑞。尤其是有关门禁事,得记住。

今天上午孟实在我们这里吃饭。因做牛肉,侉奶奶不听四小姐调度,她要"炒",侉"红烧",四姐即不下来吃饭。作为病不想吃。晚上他们都在魏晋处吃包子。我不能说厌,可是却有点"倦",你懂得这个"倦"是什么。不知为什么总不满意,似乎是一个象征!我想,如果你还要在城中住半月，我又要看卷子半月，如果这么着，似乎还以提前返回城中（听龙龙住清华瑞芝或王忠处），省事，省费，省精神。不然住下来有轻松也有担负，尤以情绪上负重不受用，而这负重又只有我们自己明白。我近来竟感觉到，霁清轩①是个"风雅"地方，我们生活都实际了点，我想不得已就"收兵同营"也好！若你不用在城里住得太久，我又只看卷子一礼拜或三五天，可能只看五天，那我们一同在多下，气概似乎也就壮了一点。这事已到应商讨一下情形。如想回，即作为经济上有困难借口要回，也无关系。今天晚上大家上山"魏晋"一番时，我本来已拟去，忽然烦心起来，竟抽回了。回来就和虎虎写信，预备龙龙带给你。可要希望不把倦和烦心也带给你，因为这也只是说玩的意思，一会儿即过去。我和你有天生相同弱点，性格无用，脾气最怕使人不快，自己却至多只一小会会不受用。这信到时，应当想到我腹中已不泻，今天很好，早早即起身与孟实上青龙桥买菜；而写这个信时，完全是像情书那么高兴中充满了慈爱而琐琐碎碎地来写的！你可不明白，我一定要单独时，才会把你一切加以消化，成为一种信仰，一种人格，一种力量！至于在一处，你的命令可把我头脑弄昏了，近来命令稍多，真的圣母可是沉默的！虽然我知道是一种爱，但在需要上量似乎稍多了一点，结果反而把头脑变钝了许多。（教育学上早提到这一点！）至于写信呢，你向例却太简单。如果当面说的话能按数量改作信，在一处时，却把写信方法用作生活法则，你过不多久，一定会觉得更多幸福。也能给一家人分享。

---

① 霁清轩：颐和园东北偏僻处的园中之园，曾划归当时北平市长何思源作消夏别墅。

我回到中老胡同，半夜睡不着，想起许多事情：第一是你太使我感动，一切都如此，我这一生怎么来谢谢你呢？第二是我们工作得要重新安排一番，别的金钱名位我不会经营，可是两人生命精力要在工作上有点计划来处理处理了。我不仅要恢复在青岛时工作能力和兴趣，且必须为你而如此做，加倍做了。更重要还是我想你生命保留了更多优厚禀赋，比谁都多，都近于搁置不用，如一个未开发的矿一般，再不能继续荒弃下去，要真正来计划一下如何使用了。第三是孩子，龙龙的教育方法和虎虎的体力，需要用一较新观点注意。龙龙要凡事从鼓励引兴趣，虎虎要从医生问计。今天龙龙得小平信，说因心脏病得休养，还可能得停一年学。小平从表面看精力实极好，还有问题。虎虎的骨骼在发育上怕得多给一分注意。几回大胖忽烧而下瘦，一面是病后疏忽，一面那个烧有问题，可能比疟，比蛔虫，比失调还稍微重一点。目下总不离贫血现象，而出汗又多，这事要在开学前去儿童医院看看。最好是努力使他恢复"小胖子"名号。胖而聪明比"瘦机伶"容易照料。关于龙龙，我认为不妨事，功课赶得上。他因为体力活动发展而像是不大读书，不妨事。英文作文可能是我们教的方式有问题。他性格头脑有些成熟处，从感化入手易见功。至于你那个最大的顽童呢？更容易有办法，我下回劝你看三本书，即可完全见功。罚他有个穿黄褂褂的夫人，事情既办不到，沉默的忍受和唠叨的"洗脸！""刮脸！"又都不见效，就换一个方式来看看！这最好方式是要好，不当他是顽童，即当他是一个很可爱的朋友。信托，不太繁琐，一点儿谦退的客气，却不是媚疼，一种以道相勖的商酌，一点鼓励，却不做批评家。秘诀到此为止，再传授下去，我的手脚会有三百处被蚊子叮住了。我还是搁下了这个情书的抒情，来叙叙事吧。

韩先生说一号发薪一部分（似乎有五六千）。你斟酌看，把应买的买买。照我想物价还要上去，比银价快。糖油可以办一些，煤也要些。此外笔我还要买些，孩子也要，这里的很好。也许什么都不宜买，因为要用钱多。要带点款来。菜钱只够一天用了。幸好这些日子鱼不来，鱼钱还可调动。

如果可能，我要好好配一副眼镜，让它像一副和"沈从文"相称的眼镜！不过数目一定可观，这也许要等等看。有特别减价皮鞋得准备一双。

得余处已去信，你也去个信问问三嫂。

离你一远，你似乎就更近在我身边来了。因为慢慢地靠近来的，是一种混同在印象记忆里品格上的粹美，倒不是别的。这才真是生命中最高的欢悦！简直是神性。却混和到一切人的行动与记忆上。我想什么人传说的"圣母"，一点都不差。但是一个"黄衫客"（我们就叫那一位作黄衫客好），即或是真正圣母，也不会有什么神性，倒真是一片"人性"！让我们把"圣母"的青春活力好好保护下去，在困难来时用幽默，在小小失望时用笑脸，在被他人所"倦"时用我们自己所习惯的解除方式，而更加上个一点信心，对于工作前途的信心，来好好过一阵日子吧。我从镜子中看去，头发越来越白得多了，可是从心情上看，只要想着你十五年来的一切好处，我的心可就越来越年轻了。且不止一颗心如此。即精神体力也都如此。

我想这个信有大半段空白，让你从这个补足我写不完的唠叨。

我正想起从中央饭店离开，坐了个洋车到了车站后，坐在那小箱子上为你写信情形，以及把时间再倒回去，你在学校楼梯口边拿了个牙刷神气。小妈妈，生命本身就是一种奇迹，而你却是奇迹中的奇迹。我满意生命中拥有那么多温柔动人的画像！更感动的是在云南乡下八年，你充满勇气和精力来接受生活的情形，世界上哪还有更动人的电影或小说。如此一场一景都是光彩鲜丽，而背景又如何朴素！小妈妈，我近来更幸福的是从你脸上看到了真正开心的笑，对我完全理解的一致。这是一种新的开始，让我们把生命好好追究一下，来重新安排，一定要把这爱和人格扩大到工作上去。我要写一个《主妇》来纪念这种更新的起始！

你试想想多有趣。捎这种信，按小说上习惯说来，必是什么"绿衣人"，我们的却是一条"紫豇豆"。你看看小龙，可不真是一条紫豇豆！不必揪他的耳朵，让他多吃一个大馒头吧。他们的消化力在家庭中真已成"问题"，我赞成回城以后恢复窝窝头制。隔天半顿，可能把"天才女"胃病也医好！

不必为我的"倦"担心。我总能用幽默自解的！如可以和龙龙去西单办办家务，买点牛肉来也好，经得起上桌子。我想试试看在这种分别中来年轻年轻，每天为你写个信……你好好陪三嫂住下，要她安心入医院，这时大家都说坐不得飞机，莫这时还冒险坐飞机。你也不要为霁清轩一切事操心，能那么办，就可以每天得到那么一个信。

我说是这信得有半页空白，不想半行也不剩下！凡魏晋都已入黑甜乡，大致已夜深了。

从文

七月卅霁清轩

画意诗情

我喜欢你

你的聪明像一只鹿，

你的别的许多德行又像一匹羊，

我愿意来同羊温存，

又担心鹿因此受了虚惊：

故在你面前只得学成如此沉默；

（几乎近于抑郁了的沉默！）

你怎么能知？

我贫乏到一切：

我不有美丽的毛羽，

并那用言语来装饰他激情

的本能亦无！

脸上不会像别人能挂上点殷勤，

嘴角也不会怎样来常深着微笑，

眼睛又是那样笨——

追不上你意思所在。

别人对我无意中念到你的名字，

我心就抖战，

身就沁汗！

并不当到别人，

只在那有星子的夜里，

我才敢低低地喊叫你的名字。

二月于北京

希 望

我底希望也很平常，
我们俩同时沉没于海中：
但愿大洋里落日消沉时我们也同样灭亡，
那时节晚霞烧红了海水与天空。

我耳朵不用再听，
我眼睛不用再视——
虽然搂不着你灵魂，
你身躯毕竟还在我手里。

我不因失你而悲哭，

我不因得你而矜骄：

我腕臂搂箍中的你若欲他出，

除非是海水将我骨头蚀销。

九月二十三西山

其 人 其 夜

闷闷闷,　　　　　　　悄悄悄,

困困困——　　　　　　沉沉沉——

为伊憔悴为伊病;　　　如此良夜如此人;

见见见,　　　　　　　曙曙曙,

恋恋恋——　　　　　　去去去——

回眸波流魂已颤;　　　"游丝不解留春住";

浅浅浅,　　　　　　　疑疑疑,

弯弯弯——　　　　　　息息息——

眉是春山是远山;　　　剩有浸窗碧月碧;

醉醉醉,　　　　　　　拥拥拥,

迷迷迷——　　　　　　空空空——

春莺语时故低低;　　　残香余腻成梦中。

八月　于窄而霉斋

116

悔

生着气样匆匆地走了，
这是我的过错吧。
旗杆上的旗帜，为风激动；
飏于天空，那是风的过错。
只请你原谅这风并不是有意！

春天来时，一切树木苏生，发芽。
你是我的春天。
春天能去后归来，
难道你就让我长此萎悴下去么？

倘若你能来时，
愿你也偷偷悄悄地来，
同春一样：莫给别人知道，
把我从懵腾中摇醒！

你赠给我的那预约若有凭，
就从梦里来也好吧。
在那时你会将平日的端重减了一半，
亲嘴上我能恣肆不拘。

三月于北京

X

妹子，你的一双眼睛能使人快乐，
我的心依恋在你身边，比羊在看羊的女人身边
还要老实。

白白的脸上流着汗水，我是走路倦了的人：
你是那有绿的枝叶的路槐，可以让我歇憩。

我如一张离了枝头日晒风吹的叶子；半死，
但是你嘴唇可以使它润泽，还有你颈脖同额。

五月十日一个做梦的晚上

春

男——你这天上工匠打就的青年女人，

　　你端端正正呆在我面前是一桩功果，

　　我将你正面地瞧，侧面地看，——

　　看清了你脸上身上雕凿的痕迹。

　　夕阳的柔明颜色是配你眼睛的材料，

　　你的发和眉都是峒神用黑夜所搓成的。

　　你像羊样想要瞒了你的牧人躲到别处时，

　　你把脚迹混在别的人里我也仍然分辨得清楚。

　　田坝上三月间草地莓那样新鲜，

　　在你面前人的嗜好却变了。

从初出水面那苇子里剥出的笋肉，

比起你来简直老得同木头一样。

女——这不是你可以唱歌的地方远方的人哪。

乡长的女儿是不能受人欺侮的。

我的长工可以把你吊起来打你的背，

使你得一些在生地方缄口的教训。

男——我分不清这是一只云雀在叫还是别的声音？

使我的血感受春天的气息是你的言语。

我把我所有的妒忌全扔给你的羊群，

它们却请得到这样好保姆一个。

你的装饰只适宜于用早上的露珠，

因为这是神给予玫瑰的私产。

有了年纪的上帝有些地方真有些私心，

他给你就比玫瑰多了些爱情和聪明。

你同羊同鸽子分担了人类的和平，

神又赋你一个独有的奶油抟成的身躯，

年轻的人，把你那害羞的腼腆收藏吧，

让远方人好完成他最高的崇敬！

女——乌鸦要找它可以休息的树林，

得先看林里是不是可以停翅？

这里规矩是为远方人特备有荆条和绳索，

用来酬答那不知检点的外乡蠢人。

男——我知道玫瑰花旁少不了那些刺。

我不是那种怕伤手背的懦怯汉子。

我要得的是你女神第一次的爱情，

用生命同爱来赌博是一桩值得的慷慨。

一只黄莺装作虎叫是吓不了我，

你那喉咙我看最好是去赞美春天！

远方人感情沉溺在你的声音里，

正如同为春风为醇酒所醉的一个样！

神把你今天安置在大路边旁，

就怀了些不安分的害人心思：

它使一个远方人提起了久忘了的饥渴，

又使他在未来路上还负了些温柔累赘！

女——走路的千千万万人岂止你一个？

我愿自在大路上放羊也不是今天！

我又不嗾我公羊拦了你的路，

你怎么坐下来唱了又唱还不走？

男——你唱歌的天才必定是同画眉一个师傅的。

　　　百合花颤抖时正像你发怒的身材。

　　　你的家私因了你的节俭真是太丰富，

　　　看你嗔骂也居然进出许多爱情了！

　　　你纵把你镰刀当真举起也会又放下，

　　　镰刀用处原是割除脚边的茨菓。

　　　若是你认真当我是讨厌的蒺藜，

　　　把你那爱情的火燃起就有了。

　　　天生的柔软臂膀原是用它来搂人，

　　　嘴唇若不是为接吻也不必红了。

　　　你看那坡下头褥子样的青草坪，

　　　因为无人才让你羊群去打滚！

女——挑水洗菜也用得着我的臂膀，

　　　吃饭说话才是要嘴唇去做事！

　　　毛毛针比人的臂膀总还要软，

　　　映山红花满坡满林同它去亲嘴？

男——雀儿，我不是个白脸长身的诗人，

怎么能同你一只山麻雀辩论争持？

我看出在你面前同在神面前一样，

你能送我一桩赏号于你又无损。

公山羊母山羊都明白要用何种仪式去答谢春天，

这仪式我们也可以在草地上来采用。

打雷落雨是上帝派来警醒草木的口号，

春风只是特来吹一些温暖爱情到人的心当中。

你看你母山羊是怎样爱她的小羊崽，

小羊崽叫喊时使母山羊快要发了疯：

母样的爱在你心里也是日益儿滋长，

我们自己的"小羊"还应由我们精细来创造！

女——你这野话我是真真不愿再听了，

我将要到溪水边洗半个月的耳。

我疑心你是有那"雷打火烧"一样的顽皮，

你远方来的茨球怎么却不为本乡女人带了去？

男——我请求这一春的阳雀替我来表示诚心，

我请求你许我有机会去你门前踏破那双铁草鞋。

爱情的呼吁决不会在少女心中变成汗浊，

人们从不打量去掩耳避开蝈蝈的叫喊。

山坡上同一时候原开了千种万种花，

火灶里同一时候原烤了千种万种粑；

用牛肉切成细细丝炒了韭菜吃，

这当看各种味道有各人的爱！

我到你家去为你照料那不驯的公牛。

打麦割禾一个长工的事情我件件都会做。

用鸡罩捕鱼是我家传的职业。

酿酒的工作我能够包使你爸爸满意。

你可以从油榨旁边证明我强健。

耕田时你的大水牯我总决不会叫他累坏。

你们不用再害怕偷包谷的野猪娘。

到冬天时你爸爸会能得狼皮作裤子。

在你脸上我能猜想你爹比你还和平。

我将替你把羊群赶到栏里去。

你们楼上头就可以够我睡下来。

干稻草做垫褥是我乡下人惯用的东西。

女——你这远方人是一个骗子，我知道。

你的话上涂了蜜，话的内面包有黄连作馅。

一个会说话的人爱情原只在口上，

心中有爱情积蓄的人口却像哑子：

流水会唱歌它却一去不回头，

紫金藤搂抱着松树哪里说过话？

我断你这里少年是在溪边长大的，

唱完一首歌你就要走了，这是从水学的乖。

男——请你剥我的皮，剜我的心，……

（抱）让这紫金藤永远缠在你身上吧。

我知道"燕子啣泥口要紧，"

我能学"鹭鸶夹鱼过大江。"

我是在摇动一株含羞草的身躯？

我是在坐乌油篷船顺水下驶七里滩？

喔，好人，请你同卧青草坪坝上，

你瞧天上绵羊莫有人看也不会走去！

女——"你莫学坡上高粱红了眼！

你莫学园里花椒黑了心！

你要学大山竹子朝上长！

我们是千条蜡烛一条芯！"

　　　　"白果好吃白果浓,

　　　　和你结伴莫露风!

　　　　九头鸟会叫被人打,

　　　　窝落鸡(蜘蛛)有丝在肚中!"

男——你眉毛弯弯我就知道你会唱歌,

　　　　你让我拜你做个歌师傅:

　　　　"枫子到时终须离枫枝,

　　　　它将逐白云缓缓过山去!"

女——"大田大坝栽葡萄,

　　　　葡萄长成万丈高,

　　　　只要情哥心有意,

　　　　哪怕十天走一遭!"

男——你试到溪边去照你自己的影,

　　　　谁为你在脸上开了两朵"映山红"花?

　　　　你头发长得这样长这样柔,

　　　　缚了我的心我想脱也不能去!

女——"头发乱了实难梳，

冤家结了实难丢。

（哭）……

…………"

完于六月十日

读梦苇的诗想起那个"爱"字

我虽是那么殷殷勤勤地来献，
你原来可以随随便便地去看：
只要你把他能放在心的一角，
横竖是好歹咱俩都还在活！

那一天到你心中凄凉的时候，
你再来试喝一口爱情的苦酒；
此时这东西固然值不得几文钱一斤，
或者那时节能够帮你找失去的青春！

——十月白壁楼

黄 昏

我不问乌巢河有多少长，
我不问萤火虫有多少光：
你要去你莫骑流星去，
你有热你永远是太阳。

你莫问我将向哪儿飞，
天上的宕鹰鸦雀都各有巢归。
既是太阳到时候也应回山后，
你只问月亮"明后里你来不来？"

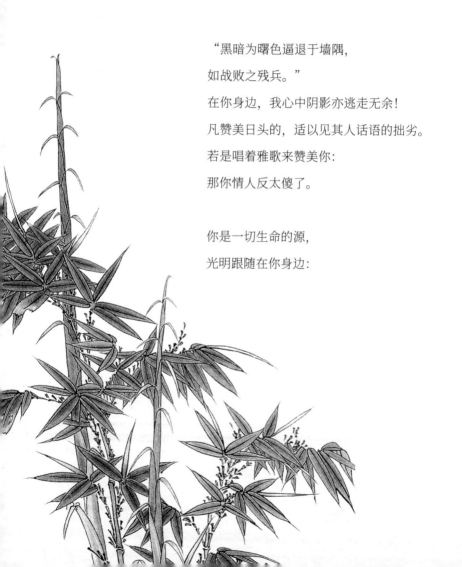

呈 小 莎

"黑暗为曙色逼退于墙隅，

如战败之残兵。"

在你身边，我心中阴影亦逃走无余！

凡赞美日头的，适以见其人话语的拙劣。

若是唱着雅歌来赞美你：

那你情人反太傻了。

你是一切生命的源，

光明跟随在你身边：

对你的人都将哑着，

用对神样虔敬——

负着十字架在你身后的人，

将默默地让十字架木头霉腐。

我不学晨露中对黑暗嘲弄之喜鹊！

我只能同葵花样，向光明永远致其

感恩的恭敬：

溪泉在涧中随意地唱歌，

我托它代达我的微忱。

看 虹

瓦沟中白了头的狗尾草
在风里轻轻摇。雨止住了。
"你看，天气多好！"是的，天气
真好！
屋脊后一片灰濛濛的天，
有长虹挂在天上，看来
希奇，"两只脚向下垂，直插
入地平线，恰像一道桥！"
"真是一道长桥，那么弯曲，
那么脆弱，那么俏——
——那么脆弱，为什么？"
"桥上正通过诗人的梦，没

有声音，没有一点声音，可
是你细心瞧，它在轻轻地动！"
当真在轻轻地动。

"是的，桥在动！梦太重了，怎
么办？"

"怎么办，还不是载不住重
量时，一压就成两段？"

"桥断了，真糟。唉，上帝，真糟。"
梦好像从灰云绿树间跌
下去，消失了。一点轻轻的
嘘吁，从喉间跌下去。也消
失了。消失的是一条虹？……
一首诗，一个梦，一点生命，
一分时间——谁知道？谁懂？

"怎么办？你说。"

"你意思是不是这人间再
不会有那么好看的虹，从
虹上轻轻通过那个梦？你
意思是生命失去了的，已
找不回来？你……？"

"是的，那个梦，正把我生命
点燃起一苗小小蓝焰。"

"是的，那点火，消失了！"

一切在沉静中。

"你看，天气还不太晚！那只
白鸟翅膀那点黑，在云中
向上翻。也跌落了，向湖心
里跌，是记起夏天湖中猪
耳莲那一片紫，菱花一点
白，还是自己那个俊美的
影子……"

"失去了也好，跌落了也好，
上帝知道，这日子你怎么
想，怎么打量，怎么过！"
天已夜下来，星子渐渐多
起来。

"算了吧，摘一颗星子把我。
摘那颗你最欢喜的，不大
不小的，照我走路，我好过

那条露水和泪作成的河。"

"水枯了，水早枯了，你知道！
再不会湿你的脚（或泡软
你的心）！你放心走好！"

"那也好，让我走。让这点小
小的星光，照着你那窗口
白了头的狗尾草，我呢，我
要把自己过去完全忘掉。"
虹和梦在她面前全消失
了，什么都很好。

试问自己，
用想象折磨自己的人，"你要什么？"
轻轻地回答，"一点孤单，一
点静，在静中生长，一点狠。"
又像什么都不需要，因为
有一片平芜在眼中青。

三十年三月末日

遥 夜

一

我似乎不能上这高而危的石桥，不知是哪一个长辈曾像用嘴巴贴着我耳朵这样说过："爬得高，跌得重！"究竟这句话出自什么地方，我实不知道。

石桥美丽极了。我不曾看过大理石，但这时我一望便知道除了大理石以外再没有什么石头可以造成这样一座又高大、又庄严、又美丽的桥了！这桥搭在一条深而窄的溪涧上，桥两头都有许多石磴子；上去的那一边石磴是平斜好走的，下去的那边却陡峻笔直。我不知不觉就上到桥顶了。我很小心地扶着那用黑色明角质做成的空花栏杆向下望，啊，可不把我吓死了！三十丈，也许还不止。下面溪水大概是涸了，看着有无数用为筑桥剩下的大而笨的白色石块，懒懒散散睡了一溪沟。石罅里，小而活泼的细流在那里跳舞一般地走着唱着。

我又仰了头去望空中，天是蓝的，蓝得怕人！真怪事！为甚这样蓝色天空会跳出许许多多同小电灯一样的五色小星星来？它们满天跑着，我眼睛被它的光芒闪花了。

这是什么世界呢？这地方莫非就是通常人们说的天宫一类的处所吧？我想要找一个在此居住的人问问，可是尽眼力向各方望去，除了些葱绿参天的树木，柳木根下一些嫩白色水仙花在小剑般淡绿色叶中露出圆脸外，连一个小生物——小到麻雀一类东西也不见！……或是过于寒冷了吧！不错，这地方是有清冷冷的微风，我在战栗。

但是这风是我很愿意接近的，我心里所有的委屈当第一次感受到风时便通给吹掉了！我这时绝不会想到二十年来许多不快的事情。

我似乎很满足，但并不像往日正当肚中感到空虚时忽然得到一片满涂果子酱的烤面包那么满足，也不是像在月前一个无钱早晨不能到图书馆去取暖时，忽然从小背心第三口袋里寻出一枚两角钱币那么快意，我简直并不是身心的快适，因为这是我灵魂邀游于虹的国，而且灵魂也为这调和的伟大世界溶解了！

——我忘了买我重游的预约了，这是如何令人怅惘而伤心的事！

二

当我站在靠墙一株洋槐背后，偷偷地展开了心的网幕接受那银筝般歌声时，我忘了这是梦里。

她是如何的可爱！我虽不曾认识她的面孔便知道了。她是又标致、又温柔、又美丽的一个女人，人间的美，女性的美，她都一人占有了。她必是穿着淡紫色的旗袍，她的头发必是漆黑有光……我从她那拂过我耳朵的微笑声，攒进我心里的清歌声，可以断定我是猜想得一点不错。

她的歌是生着一对银白薄纱般翅膀的；不止能跑到此时同她在一块用一块或两三块洋钱买她歌声的那俗恶男子心中去，并且也跑进那个在洋槐背后胆小腼腆的孩子心里去了！……也许还能跑到这时天上小月儿照着的一切人们心里，借着这清冷有秋意夹上些稻香的微风。

歌声停了。这显然是一种身体上的故障，并非曲的终止。我依然靠着洋槐，用耳与心极力搜索从白花窗幕内漏出的那种继歌声以后而起的窸窣。

"哏……！"这是一种多么悦耳的咳嗽！可怜啊！这明是小喉咙倦于紧张后一种娇惰表示。想着承受这娇惰表示以后那一瞬的那个俗恶厌物，心中真似乎有许多小小花针在刺。但我并不即因此而跑开，骄傲心终战不过妒忌心呢。

"再唱个吧！小鸟儿。"像老鸟叫的男子声撞入我耳朵。这声音正是又粗暴又残忍惯于用命令式使对方服从他的金钱的玩客口中说的。我的天！这是对于一个女子，而且是这样可爱可怜的女子应说的吗？她那银筝般歌声就值不得用一点温柔语气来恳求吗？一块两三块洋钱把她自由尊贵践踏了，该死的东西！可恶的男子！

她似乎又在唱了！这时歌声比先前的好像生涩了一点，而且在每个字里，每一句里，以及尾音，都带了哭音；这哭音很易发现。继续的歌声中，杂着那男子满意高兴奏拍的掌声；歌如下：

可怜的小鸟儿啊！

你不必再歌了吧！

你歌咏的梦已不会再实现了。

一切都死了！

一切都同时间死去了！

使你伤心的月姐姐披了大氅，

不会为你歌声而甩去了，

同你目语的星星已嫁人了，

玫瑰花已憔悴了——为了失恋，

水仙花已枯萎了——为了失恋。

可怜的鸟儿啊！

你不必——请你不必再歌了吧！

我心中的温暖，

为你歌取尽了！

可怜的鸟儿啊！

为月，为星，为玫瑰，为水仙，为我，为一切，

为爱而莫再歌了吧！

我实在无勇气继续听下去了。我心中刚才随歌声得来一点春风般暖气，已被她以后歌声追讨去了！我知道果真再听下去，定要强取我一汪眼泪去答复她的歌意。

我立刻背了那用白花窗幔幕着的窗口走去，渺渺茫茫见不到一丝光

明。心中的悲哀，依然挤了两颗热泪到眼睛前来……

被角的湿冷使我惊醒，歌声还在心的深处长颤。

一九二四年圣诞节后一日北京作

三

即或是没有这些砰砰訇訇的炮声将我脆弱的灵魂摇撼，我依然也不能睡觉啊！想着这时的九二姑娘知是怎样，她也许孤零的一人，正在那阴阴沉沉的囚笼般小房中，黯淡灯光下，抽抽咽咽地将伊伤心眼泪，滴放在我给伊那张丝笺上！她也许正为伊那归依者搂在怀里，而勉强装出笑容，让那带有酒气的嘴巴，在伊颊上连吻！她也许因伤心极了，哭倦了，而熟睡了！她也会想念着过去的那一瞥，而怅惘大哭吧？

我不知觉间，又把汗衫袋内伊那两张折绉了的信纸取出了。我知道这上面有伊银箫般声音，有伊玫瑰般微笑！我用口吻了又用眼泪来浸湿。

伊匆匆忙忙地走去，便向人海中消失了！伊的遗物，怕除了我颊间保留着温馨的吻，与镂在心版上温柔微笑的淡影外，便只是这两张从一册练习簿上扎下来，背着"伊的他"，战战栗栗用铅笔写把我的信了！

伊说：是无期徒刑的人，永无自由之期，永无……在这堂中，谁能救拔她？伊又说虽用力冲过了礼教墙垣，然而如今在自己耕耘的园地里，发生了许多荆棘却不能再想法拔去；伊又说欲读书却被事势所牵制，在近来，即外出亦非容易；伊又说伊的他是怎样对伊处处施以难堪压迫；伊末了还说不愿意我爱伊，爱伊实反伤伊心，而且处到此种情景下，两者都有不幸。

伊虽知道别人是用诱骗手段把伊成为占有物，但不能得家庭与社会的谅解；伊虽知道自己应负责继续生活下去，但伊毛羽已为伊的他剪去，……伊结果只怨命。

伊如今正为着"命"将倩影又向人海中消失了！

啊！亲爱的可怜的姑娘！你承认是"命"，何必又定要在你临走那头一晚上，将你那又甜又苦的热泪，流放在一个孩子的脸上来呢？你要我不必爱你，那么，你也应不须爱我……我真惭愧，不能用力来援助你；你不会于这时怨我吧？我想，你对你可怜的弟弟，或不至有丝毫憎恨！你知道你可怜的弟弟，是怎样到这喧扰纷争的世界上，不为人齿，孤独畸零地活着！

你走了，把我交付你，请你用爱丝织成网，紧紧包裹着那颗冰冷的，灰色的，不完整的小心也带着跑了！这是你的胜利，但是，我呢？空空洞洞的我，怎么来生下去？……是！我的心如今依然还是在我胸腔里，但你已把它揉碎了，你已把它啮去一角了！

狠心的姑娘！

我还记着在你动身以前给你那信——

……姑娘！将你那珍珠般眼泪尽量地随意流吧！不要吝惜。我愿它为我把所受的冷酷侮辱洗去，我愿它把我溺死。

不错！我曾小孩般倒在你怀里大哭，在那寂寥冷清的公园中。我怎么不这样帐然惘然，当你那小小嘴唇第一次在一个孩子瘦颊上为爱的洗礼时，它抚摸遍了我旧痛新创。

你说他们眼睛是一堵墙，阻隔了我俩；他们眼睛是一双剑，寒光逼住了我俩——我不能爱你，你不敢爱我！但是，你那丰腴柔嫩的小颊，终于昨天到我宠儿上了，他们，无聊的他们，算得什么东西？

……

这时，我要在一些刻薄，冷酷，毒恶，无意思的监视下，不措意似的，把窗幔甩去，承受你那近身时温柔的一瞥，已不可得了！我要冒着刮面寒风，跑到社稷坛左右，寻找那合并映在银白色月光下的两个黑影，已不能够了！即或伤心身世，再不会有人来为我揾拭眼角余泪！再不会有人来偎着脸慰藉我了！……再不会有人来劝我珍重为忧伤而憔悴的身子了！

我向哪里去找我那失去了的心的碎片？的确，除非梦里，除非梦里：但是，梦又是怎么一种不可凭靠的东西！

姑娘！可爱而又可怜的姑娘啊！请你放老实点，依然用你那柔荑，轻轻地轻轻抚着我头上的长发，我要在你那浅浅微涡的颊边吻到醒后；倘若是梦能有凭。

十三年除夕——九二走后第二星期

四

在别人如狂如醉的欢喜热闹中我伴着寂寞居然也把这年节挨过了。从昨天到街头无目的闲踱买来的一张晚报上，我才知道如今已是初五。

时光老人好匆忙的脚步！

为着无聊，同六与十弟在厂甸潮水般的人众中挤了一身臭汗。在我前后的无量数男男女女！有身上红红绿绿如花似玉为施爱而来的青年女人，有脑满肠肥举动迟钝的绅士，有服饰华丽为求女人青盼的儇薄少年，有……他们她们都高兴到一百二十分似的：肩挨肩，背靠背，在那里慢慢移动。平日无人行走的公园这时正像一个大盆，满着上一盆泥鳅。也许她们他们在此盆中同时发现了一种或多种极有意思的玩意儿，足以开心，而我不会领略，所以反觉更加感到孤独无聊！

不久，我们又为着人的潮流一同冲出外面来了。

六与十都说是时间还没有到吃晚饭左右，最好是跑到十四的家中去拜年，他们说的大致是不会错的。把拜年除开，第一是六可以看看几天不见了的伊，而十弟也可以就便为八妹拜年。但他们口上的理由却单提为十四夫妇拜年。

"充配角也充厌了！我何苦又定要去到那充满着幸福——富贵与爱美——的家中看别人演喜剧呢？即或我这麻木的感官，稍稍刺激是不什么要紧，然从别人脸上勉强表示出来的欢迎神气，也就够要人消受啊！……"

不过到后来，我这"顽固"的意思，终敌不过口上的牵扯；——也是我自己在克制我顽固，我即刻又跳上洋车，向二十四胡同进发了。

拜年究竟也还合算，只要一进屋，口上提出嗓子喊一声，进门时向着老主人略略把腰一屈，就完事了。拜年的所得，不是小时候在故乡中像周家娘似的送一串用红绒绳穿就的自制钱；却只是一盘五颜六色的糖果。这糖不知叫什么名儿，吃时但觉软软的滑滑的，大概是很值钱，也许还是什么西洋的东西！这也算是我的幸福。

　　在一间铺陈耀眼的客室中，着上了一个乡下气未脱寒伧气十足的我，真是不大什么适宜！我处处觉得感到迫束。但软松褐色靠椅上坐着实在比公寓中冷板凳好一点，而且主人还未回，六与十也很直率地替主人留客——失了自主力的我，也只好不说走了。

　　"……女人，那么一对一对：十四与九，六与十一，十与八。……一个做太太的主妇，一个做不问家事单享点快乐的老爷。老爷到外面找钱，两太太便到家中用。太太二十五六，老爷四十二三……年龄虽似乎远了一点，但有钱可以把两方不匀称的调和，大不致妨事……太太娇憨若不解事，处处还露出孩子气……虽然已有了几个小小爱的结晶，但这并不影响到太太方面。太太依然是年轻，美丽……老爷公余回家，宴会以外，便享受太太的狂爱……即或是太太嗔怒多于喜乐，但这初不妨于幸福丝微……自然！有时还非这个不见的有趣。——

　　"六呢，经济上是拙笨了一点。然而她们资质很恰当，而性格趣味亦不见多少龃龉，在十一的神情举止间看来，还不是个二十四岁以上的姑娘……虽说是但总还剩下大段青春足供她俩浪费。——

　　"十与八呢，他们正都是在创造爱的时候，前途正有许多许多满开着白花，莺唱着情歌。……可爱的春天可走。——

　　"我呢，我就是我。……一个人单单做梦，做一切的梦。……我是专做梦的人，这也好。……"

　　"特意来拜年的！"

　　我昏昏迷迷靠在客室那张褐色椅上睁起眼睛做梦，给六一声把我吵醒了。进房来的是一个阔绰而和气的胖子，这不要说可以知道是主人，我连忙站起来把我为到别人面前而做出的笑脸，加上一倍高兴神气。照面一下，又得六与十为介绍了一句：

"这是三弟！"

头一次困难总算解除了。谈了两分钟"天气的好丑"，最后便是吃点心。

我总会是因为久久不向一个陌生人做笑脸了，从对坐那个小镜子中，我发见我自己困难的神色。在这样新年到人家屋里不是能做这样阴惨惨样子给主人看的。从这中，别人会引起比厌恶还更甚的误会。我只好尽他们谈话，把头慢慢移到壁间那几张油画上面去。

十一来了，她是依然像小孩子般可爱。大凡女人们既没有什么很不如意的事情——譬如死丈夫，丈夫讨小，或丈夫不在家专到外面鬼混，或两方面相差处太多，或家长不好……自然是很不容易老的，何况又有许多许多洋货铺为向外国几万里路运贩新奇化妆品呢。伊虽已为六做了七八年主妇，年龄也快到卅数目相近了，但任谁看来，都会承认伊是又风韵，又活泼，窈窕，温柔，娇美——在间或有个时候，还会当着旁人，在六面前撒一点娇痴的一个妇人。

伊把六手上夹着年糕的筷子用极敏捷手法抢了过去，六但笑了一笑。有幸福的六！

"伊不是有意在那里骄傲人吗?!"

即或不是故意给我难堪，然这样我如何能看？我又悔恨我先前为什不顽固到底了！

女主人十四同她八妹不久都来了，在伊等背后又同来了一位相貌不大引人注意——说刻薄点是有点笨傻；——然而命好，衣衫漂亮时髦的少年。这自然是很有意思的一回事！十四夫妇一对，六与十一又是一对，十与八也可以算成一对：他们她们虽不能像公园中那么手挽着手儿谈话，脸偎着脸儿亲热，然他们各人心是融合的，心是整个的。我们虽是相互地谈着笑着，我无论如何是不会跑进她们心上去占据着一小角位置！终于我又要起身跑了。在我身子为他们制住，口中在设辞解释我要去的意思时，眼泪正朝里面心上流。

虽然在眩目的电灯下，大餐桌上，吃了一餐极精美丰富的晚饭，但心灵上的痛苦，却找不出什么相当的代价来赔偿了！

一月三十日

五

那陌生的不知名的年轻的姑娘啊！一个孩子，一个懦弱的、渺小的、不为人所注意的平凡孩子，在这世界沉眠但有微细鼾呼的寂寞深夜，凭了凄清的流注到窗上床上的水银般漾动的月光，用眼泪为酒浆，贡献给神面前，祝你永生；

——祝你美丽的面目，不为一切悲哀之魔所啮伤；祝你纯洁的灵魂，永不浸入丑笨的世界缩影，祝你同玫瑰般：常开笑靥于芳春时节；祝你同春风般：到处使一切欢愉苏生，使世界光明璀璨；祝你沉酣的梦境里，能寻出神所吝惜与你的一切要求……萧萧的秋夜雨声中，你还能在你所爱的少年怀里安睡。

啊啊！姑娘！生命中的一刹那，这不过流星在长空无极间一瞥，这不过电花在漆黑深夜里一闪；但是，我便已成了你灵魂的俘虏了！我忘了社会告给我们的无意思的理性梏链，把我这无寄顿的爱，很自然地放到你苍穹般——纯洁伟大崇高的灵魂上面了！假使你知道到耶路撒冷的参朝圣地的人们是怎样一种志诚，在慈母摇篮里的小孩的微笑是怎样一种真率；你当知我是怎样地敬你。

日来的风也太猖狂了，我为了扫除我星期日的寂寞，不得不跑到东城一友人校中去消蚀这一段生命。诅咒着风的无聊，也许人人都一样。但是，当我同你在车上并排地坐着时，我却对这风私下致过许多谢忱了。风若知同情于不幸的人们，稍稍地——只要稍稍地因顾忌到一切的摧残而休息一阵，我又哪能有这样幸福？你那女王般骄傲，使我内心生出难堪的自惭，与毫不相恕的自谴。我自觉到一身渺小正如一只猫儿，初置身于一陌生锦绣辉煌的室中，几欲惶惧大号。……这呆子！这怪物，这可厌的东西！……当我惯于自伤的眼泪刚要跑出眶外时，我以为同坐另外几个人，正这样不客气地把那冷酷的视线投到我身上，露出卑鄙的神气。

到这世上，我把被爱的一切外缘，早已挫折捎失殆尽了！我哪能再振勇气多看你一眼？

你大概也见到东单时颓然下车的我，但这对你值不得在印象中久占，至多在当时感到一种座位宽松后的舒适罢了！你又哪能知道车座上的一忽儿，一个同座不能给人以愉快的平常而且褴褛的少年，心中会有许多不相干的眼泪待流？

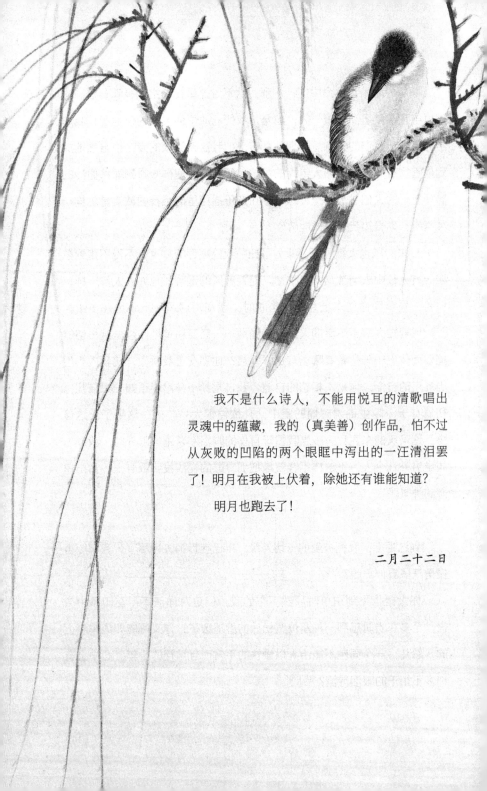

　　我不是什么诗人，不能用悦耳的清歌唱出灵魂中的蕴藏，我的（真美善）创作品，怕不过从灰败的凹陷的两个眼眶中泻出的一汪清泪罢了！明月在我被上伏着，除她还有谁能知道？

　　明月也跑去了！

二月二十二日

潜 渊

一

黄昏极美丽悦人。光景清寂，极静，独坐小蒲团上，望窗口微明，欧战从一日起始，至今天为止，已三十天。此三十天中波兰即已灭亡。一国家养兵至一百万，一月中即告灭亡，何况一人心中所信所守，能有几许力量，抗抵某种势力侵入？一九三九之九月，实一值得记忆的月份。人类用双手一头脑创造出一个惊心动魄文明世界，然此文明不旋踵立即由人手毁去。人之十指，所成所毁，亦已多矣。

九月××

二

读《人与技术》《红百合》二书各数章。小楼上阳光甚美，心中茫然，如一战败武士，受伤后独卧荒草间，武器与武力已全失。午后秋阳照铜甲上炙热。手边有小小甲虫爬行，耳畔闻远处尚有落荒战马狂奔，不觉眼湿。心中实充满作战雄心，又似觉一切已成过去，生命中仅残余一种幻念，一种陈迹的温习。

心若翻腾，渴想海边，及海边可能见到的一切。沙滩上为浪潮漂白的一些螺蚌残壳，泥路上一朵小小蓝花，天末一片白帆，一片紫。

房中静极。面对窗上三角形夕阳黄光，如有所悟，亦如有所惑。

十月××

三

晴。六时即起。甚愿得在温暖阳光下沉思，使肩背与心同在朝阳炙晒中感到灼热。灼热中回复清凉，生命从疲乏得到新生。久病新瘥一般新生。所思者或为阳光下生长一种造物（精巧而完美，秀与壮并之造物），并非阳光本身。或非造物，仅仅造物所遗留之一种光与影，形与线。

人有为这种光影形线而感兴激动的，世人必称之为"痴汉"。因大多数人都"不痴"，知从"实在"上讨生活，或从"意义""名分"上讨生活。捕蚊捉虱，玩牌下棋，在小小得失上注意关心，引起哀乐，即可度过一生。生活安适，即已满足。活到末了，倒下完毕。多数人所需要的是"生活"，并非对于"生命"具有何种特殊理解，故亦不必追寻生命如何使用，方觉更有意思。因此若有一人，超越习惯的心与眼，对于美特具敏感，自然即被称为痴汉。此痴汉行为，若与多数人庸俗利害观念相冲突，且成为罪犯，为恶徒，为叛逆。换言之，即一切不吉名词无一不可加诸其身，对此符号，消极意思为"沾惹不得"，积极企图为"与众弃之"。然一切文学美术以及人类思想组织上巨大成就，常惟痴汉有份，与多数无涉，事情显明而易见。

四

金钱对"生活"虽好像是必需的，对"生命"似不必需。生命所需，惟对于现世之光影疯狂而已。因生命本身，从阳光雨露而来，即如火焰，有热有光。

我如有意挫折此奔放生命，故从一切造形小物事上发生嗜好，即不能挫折它，亦可望陶冶它，羁縻它，转变它。不知者以为留心细物，所志甚小。见闻不广，无多大价值物事，亦如宝贝，加以重视，未免可笑。这些人所谓价值，自然不离金钱，意即商业价值。

美固无所不在，凡属造形，如用泛神情感去接近，即无不可以见出其精巧处和完整处。生命之最大意义，能用于对自然或人工巧妙完美而倾心，人之所同。惟宗教与金钱，或归纳，或消灭。因此令多数人生活下来都庸俗呆笨，了无趣味。某种人情感或被世务所阉割，淡漠如一僵尸，或欲扮道学，充绅士，作君子，深深惧怕被任何一种美所袭击，支撑不住，必致误事。又或受佛教"不净观"影响，默会《诃欲经》本意，以爱与欲不可分，惶恐逃避，惟恐不及。像这些人，对于"美"，对于一切美物、美行、美事、美观念，无不漠然处之，竟若毫无反应。

不过试从文学史或美术史（以至于人类史）上加以清查，却可得一结论，即伟人巨匠，千载宗师，无一不对于美特具敏锐感触，或取调和态度，融汇之以成为一种思想，如经典制作者对于经典文学符号排比的准确与关心。或听其撼动，如艺术家之与美对面时从不逃避某种光影形线所感印之痛苦，以及因此产生佚智失理之疯狂行为。举凡所谓活下来"四平八稳"人物，生存时自己无所谓，死去后他人对之亦无所谓。但有一点应当明白，即"社会"一物，是由这种人支持的。

十月××

五

饭后倦极。至翠湖土堤上一走。木叶微脱，红花萎悴，水清而草乱。猪耳莲尚开淡紫花，静贴水面。阳光照及大地，随阳光所及，举目临眺，但觉房屋人树，及一池清水，无不如相互之间，大有关系。然个人生命，转若甚感单独，无所皈依，亦无附丽。上天下地，粘滞不住。过去生命可追寻处，并非一堆杂著，只是随身记事小册三五本，名为记事，事无可记，即记下亦无可观。惟生命形式，或可于字句间求索得到一二，足供温习。生命随日月交替，而有新陈代谢现象，有变化，有移易。生命者，只前进，不后退，能迈进，难静止。到必需"温习过去"，则目前情形可想而知。沉默甚久，生悲悯心。

我目前俨然因一切官能都十分疲劳，心智神经失去灵明与弹性，只想休息。或如有所规避，即逃脱彼噬心嚼知之"抽象"。由无数造物空间时间综合而成之一种美的抽象。然生命与抽象固不可分，真欲逃避，惟有死亡。是的，我的休息，便是多数人说的死。

十月××

六

在阳光下追思过去，俨然整个生命俱在两种以及无数种力量中支撑抗拒，消磨净尽，所得惟一种知识，即由人之双手所完成之无数泥土陶瓷形象，与由上帝双手搏泥所完成之无数造物灵魂有所会心而已。令人痛苦也就在此。人若欲贴近土地，呼吸空气，感受幸福，则不必有如此一分知识。多数人或具有一种浓厚动物本性，如猪如狗，或虽如猪如狗，惟感情被种种名词所阉割，皆可望从日常生活中感到完美与幸福。譬如说"爱"，这些人爱之基础或完全建筑在一种"情欲"事实上，或纯粹建筑在一种"道德"名分上，异途同归，皆可得到安定与快乐。若将它建筑在一抽象的"美"上，结果自然到处见出缺陷和不幸。因美与"神"近，即与"人"远。生命具神性，生活在人间，两相对峙，纠纷随来。情感可轻翾高飞，翱翔天外，肉体实呆滞沉重，不离泥土。

××说："×××年前死得其所，是其时。"即"人"对"神"的意见，亦即神性必败一个象征。××实死得其时，因为救了一个"人"，一个贴近地面的人。但××若不死，未尝不可以使另外若干人增加其神性。

有些人梦想生翅膀一双，以为若生翅翼，必可轻举，向日飞去。事实上即背上生出翅膀，亦不宜高飞。如×××。有些人从不梦想。惟时时从地面踊跃升腾，作飞起势，飞起计。虽腾空不过三尺，旋即堕地。依然永不断念，信心特坚。如×××。前者是艺术家，后者是革命家。但一个文学作家，似乎必需兼有两种性格。

十月××

十月十六日摘抄

生 命

　　我好像为什么事情很悲哀，我想起"生命"。

　　每个活人都像是有一个生命，生命是什么，居多人是不曾想起的，就是"生活"也不常想起。我说的是离开自己生活来检视自己生活这样事情，活人中就很少那么做。因为这么做不是一个哲人，便是一个傻子了。"哲人"不是生物中的人的本性，与生物本性那点兽性离得太远了，数目稀少正见出自然的巧妙与庄严。因为自然需要的是人不离动物，方能传种。虽有苦乐，多由生活小小得失而来，也可望从小小得失得到补偿与调整。一个人若尽向抽象追究，结果纵不至于违反自然，亦不可免疏忽自然，观念将痛苦自己，混乱社会。因为追究生命"意义"时，即不可免与一切习惯秩序冲突。在同样情形下，这个人脑与手能相互为用，或可成为一思想家，艺术家，脑与行为能相互为用，或可成为一革命者。若不能相互为用，引起分裂现象，末了这个人就变成疯子。

其实哲人或疯子，在违反生物原则，否认自然秩序上，将脑子向抽象思索，意义完全相同。

我正在发疯。为抽象而发疯。我看到一些符号，一片形，一把线，一种无声的音乐，无文字的诗歌。我看到生命一种最完整的形式，这一切都在抽象中好好存在，在事实前反而消灭。

有什么人能用绿竹作弓矢，射入云空，永不落下？我之想象，犹如长箭，向云空射去，去即不返。长箭所注，在碧蓝而明静之广大虚空。

明智者若善用其明智，即可从此云空中，读示一小文，文中有微叹与沉默，色与香，爱和怨。无著者姓名。无年月。无故事。无……然而内容极柔美。虚空静寂，读者灵魂中如有音乐。虚空明蓝，读者灵魂上却光明净洁。

大门前石板路有一个斜坡，坡上有绿树成行，长干弱枝，翠叶积叠，如翠翠，如羽葆，如旗帜。常有山灵，秀腰白齿，往来其间。遇之者即喑哑。爱能使人喑哑——一种语言歌呼之死亡。"爱与死为邻"。

然抽象的爱，亦可使人超生。爱国也需要生命，生命力充溢者方能爱国。至如阉寺性的人，实无所爱，对国家，貌作热诚，对事，马马虎虎，对人，毫无情感，对理想，异常吓怕。也娶妻生子，治学问教书，做官开会，然而精神状态上始终是个阉人。与阉人说此，当然无从了解。

夜梦极可怪。见一淡绿百合花，颈弱而花柔，花身略有斑点青渍，倚立门边微微动摇。在不可知地方好像有极熟习的声音在招呼：

"你看看好，应当有一粒星子在花中。仔细看看。"

于是伸手触之。花微抖，如有所怯。亦复微笑，如有所恃。因轻轻摇触那个花柄，花蒂，花瓣。近花处几片叶子全落了。

如闻叹息，低而分明。

…………

雷雨刚过。醒来后闻远处有狗吠。吠声如豹。半迷糊中卧床上默想，觉得惆怅之至。因百合花在门边动摇，被触时微抖或微笑，事实上均不可能！

起身时因将经过记下，用半浮雕手法，如玉工处理一片玉石，琢刻割磨。完成时犹如一壁炉上小装饰。精美如瓷器，素朴如竹器。

一般人喜用教育身分，来测量这个人道德程度。尤其是有关乎性的道德。事实上这方面的事情，正复难言。有些人我们应当嘲笑的，社会却常常给以尊敬，如阉寺。有些人我们应当赞美的，社会却认为罪恶，如诚实。多数人所表现的观念，照例是与真理相反的。多数人都乐于在一种虚伪中保持安全或自足心境。因此我焚了那个稿件。我并不畏惧社会，我厌恶社会，厌恶伪君子，不想将这个完美诗篇，被伪君子与无性感的女子眼目所污渎。

百合花极静。在意象中尤静。

山谷中应当有白中微带浅蓝色的百合花，弱颈长蒂，无语如语，香清而淡，躯干秀拔。花粉作黄色，小叶如翠珰。

法郎士[①]曾写一《红百合》故事，述爱欲在生命中所占地位，所有形式，以及其细微变化。我想写一《绿百合》，用形式表现意象。

---

① 法郎士：法国小说家，1921年获诺贝尔文学奖。

小城故事

乾生的爱

　　人是全靠要有些空想才能活下来，这不是瞎话。你不拘想什么，那都行。你总应当想一些你所做不到，看不见，无从摸捏的事事物物，你活下来也才有趣味。一个法学生，想做县知事，推事，司法官，这不是顶坏的事情，有一个希望，你才能努力，不然，凡事过得去，你完了。你不相信么？到你尝到味道你就知道了。

　　又譬如，目下就有不少的男男女女想做文学家，或艺术家，终日做诗，做文，且申明不是为钱，说是为艺术，要入什么宫上什么坛，才如此发狠，"有志者事竟成"，现放到有不少副刊杂志可以助和一般天才的成功，不到三月五月那么久，大家不就居然是个文学家艺术家了么？你不想做和你不去做，将来"文化运动"你就没有名字的，因为你是像假充——或者说"滥芋充数"吧。

　　在此我们知道一个中学生所想的是什么事。毕业，升到大学去；

男子入四维大学，女子入闺范大学；男子学政治经济好做官，女子学跳舞好美，这是自然的，正当的。但是还有一个正当的想头是什么？是恋爱。

照普通学制的算法，一个中学三年级的男学生，身体是已经发育得到可以同一个女人拼命纠缠的时节了；女人呢？则中学二年级也够数。并且近来一些科学家，美学家，又正为青年人出了不少的好书，如像《爱的法宝》一类指示年轻人所走的方向又像极正确的书，这类书就可以帮助他早熟。不过一个中学生，在别的一方面，施展他或她的天才的机会，毕竟是很少，这就只有一个办法来补救，想：本来恋爱的意义一半是做些身体上的事，一半是两个人分开来咀嚼这味儿，这样仍然可以算是得到一半了。

乾生是四维附中的中学生，也是像我所说只有想的资格，正在那里咀嚼恋爱意味的一个人。怎么样就可以做一点更伟大的事情？没有办法。虽然是同学就有不少身体上有缺陷的某性人，也是没有办法。熟是很熟的，同到开会，同到上课，又同到——散学时同到出校门。初一步总太难了。

其实几多样子是好的，要爱都可以去爱。第玖级，其中几个同学的，八个人中就全都可爱。看到她们样子也不会是不要人爱她的人。他参考着《爱的法宝》一书第四章上的指示，"一个女子同一个男子，在同等年龄上，她的爱的欲望比他还要来得强一点，固执一点——不，也深沉一点，隐晦一点。"他相信，只要是那最困难的一个门限越过后，以后就按到书上所指示的去做事，总不怕失败了。

但是第一个门限就非常困难，乾生可说在恋爱以前便尝到失恋的一个人。

机会其实是很多，譬如——

机会是太多，致使乾生不知道要选择哪一个为可靠，反而误事了。今天一个同学来问他代数，明天又是另一个来问历史，因为功课好，使他同学一个一个全都挨拢来。一件恋爱从学问磋切上入手，难道还不算是顶正当的恋爱么？这个那个都不去问别人，单单向自己走来，难道不是有一点儿意思么？乾生原是明白这个的，明白只使他更苦。他知道，一个在爱情上勇敢的青年，机会还是他去自己找，不一定要现成也能成功的。他自己就只会在一些好机会上来红脸。

女人这东西，身上收拾得甜净，心里的灵巧比小白老鼠还有余，但生成只是让人来爱的。她即或受过好教育，教育这东西，在她身上就同一个珠子颈串样。可以装饰得更体面一点，更逗人爱恋一点，她仍然不会脱了一切诱惑自己来选一个她要爱的人。她心里即或明白她的周围谁个要更可爱点，但结果她还是让那大胆的，勇敢上前的，坏一点的男子去爱她，为那她不怎样真的满意的男人所取得。

乾生，就是我们所常常说到那类神经黏液二质混合的怯汉子，当然最适宜于他的是那唯一的单恋了。

他尝想：难道自己就不能为一件痛快的恋爱牺牲一点比别人更大的牺牲么？

牺牲是能的。一个怯汉子，爱人比那表现派的恋爱家还真实，也是可能的。不过他却不知爱一个女人，原是心灵的拥抱以外还得将自己嘴唇涂点蜜，言语甜滋才能印进女人的心中去。

怯汉子所能的只是顾自在他心中描摹这举动，一见人，气力就消失，全完了。

春季游艺会，各处大学中学都在次第举行了，学校借此做一次吸收学生的好广告，学生借此可以放两天特假，因此大家对这会的进行都热心。

乾生所属的四维附中定于四月二十办这会。校中各处打扫收拾得一新，学生在十天以前，临时来练习体育竞技同演剧。女生忙着学跳舞，预备穿起绣花衣裳上到台上去让人鼓掌。各部各科教员都在整理学生的成绩，尤其是图画教员忙得凶，这会期，只差三天了。

乾生被推为第九级委员，第九级在本校除了第十级一班外，算顶大的一班了，因此游艺股事务的分配于他格外多。演剧的，玩魔术的，说笑话的，凡事接洽都来同到乾生打商量。

女人挨到乾生身边的机会更多了。

有人会说，乾生君，能够在学生委员会中办事情，对女人，这样不中用，不会有的吧。你以为不会有，我怎么能说一定是这样？但事实是如此，我不能顾全到各处，所以乾生君，在此仍然是办事，忙得凶。学校中，办事人、活动的，我们是可以见到许多聪明伶精如同一个能干演剧人一样，这是很多很自然的事。你们的大学，你们的中学，自治会，一类干事，一类职员，一个二个，不是全都正是那么又漂亮又能干的一些小白脸在做的么？女的方面也总不会是那与美与善交际相反的密司去担当。但真在那里做这样，做那样，认真把同一件事情干的，都是几个大傻子。我们举一个班长，我们为了种种的利益，我们不会一定要选一个在学问品行相貌上都高超的同学去做的。每每因为趣味一方面，或者切于实际一方面着想，我们用得着一个身体发育得特别，或忠厚老实得同猫一样的同学，以后我们才有利。凡是中学生，大学生，都因趣味免不了要这样做。我的一个老同学，名叫艾少爷的，他就因为憨的原故成了在校各项组织当然的委员，这人憨到有时拿了粽子包，顾自躲到厕屋去填肚子，为得是别人要他做事菜饭全为代劳了。但这乃是另外一人事，我不再说下去了。

我全为解释乾生君以后的行为，才引出我的老同学做证人，其实是在八年九年过去的事情，近来的老友，则并不再憨，据说已在做两个儿子的爸爸了。

我再说关于四维附中春季游艺会的戏剧。为表示爱国，所以选上《一片爱国心》；又演《一只马蜂》，意思就不很明白，或者，是告年轻学生们一个向人生进一步的一个方法吧。

十八时还只九点钟，在游艺股办公室，乾生正是顾自老早赶到这里来写一个剧目通知单，预备用蜡纸复印。天晓得，这是什么缘，九级一个女同学，来到这里像是专为给乾生机会，本意找一个导演先生问话的，导演不见来，就坐下来等，这一来，我们有戏看！

老实人，心里不老实，女人进门时，乾生君，是装成大量顺意刮了一眼的。这女人，平时就知道他有点儿兴，很幽默地点个头。

为的是虚荣，或别的，女人独自坐在那里笑。

"——机会，一个机会！——"

像是谁在乾生耳边告着这样的话。这一来，一个人心又在跳了。

"密司忒张，日来事情真忙吧。"女人先说话。说了，大致又想到刚才在另一个地方所见到的事情是好笑，又笑了。

问，又笑，把这意义一连贯，在一起，乾生受伤了。慢慢地就把头抬起来，他就用那从看电影上一个男人在抑郁着望他女人的章法，望那女同学。女人也望他。可是他从女人态度安详自然中，无从发现那女人为男子望后照例的反应，他更苦恼了。

这是极其熟习的一人，也是全班最活泼的一个人，也许这是知道自己在望她，是有别一种意思，这聪明女人，就故意作为不懂躲闪吧。

他又去望她，而她却同时又望他。他心跳得厉害到极点，头也像已快发昏。这眼光，就是一把刀，一直从他眼睛刺进去，在心上，真带了伤了。

"密司忒张，王先生今天或者不会来了吧，我们要问他——"

这显然又是一个给他谈话开口的机会。

乾生只能伏在桌上说一个"唔"字，既不是答别人的话语，又不像是问别人。他想到许多在第一道门限以后的话语。精粹而且动人的句子，足有一大堆。他相信这一堆诚实的自白，都会为对方了解，在自己说完后，女人或者会流泪，会像电影中一个女人样子即刻走拢来搂他，自己便也为这动人情景所感动，再不能说话，于是，两人以后就深深地爱恋，如胶如漆分拆不开了。但此刻他还没有做那第一步所应做的事。他就把前前后后一些热情一些诗样行为诗样言语融化为一个"唔"字。

女人却是一点不知道。坐在对面一个人，这时就已拿了自己做对象，演着伤心的悲剧，真是女人没有料得到的事。

一点不知道么？乾生是不相信的。他以为女人即或蠢，也会从一些男人眼光中猜出那爱情分量的。按照书上说：女人是逃躲，是有意地逃躲的。

乾生为那女人想：这时实在就应当老老实实大胆一点走拢来。他又同时在怨人：其实别人已就走拢来，只要稍稍用力拉一下，就成了。

他是连拉的力气也就全没有，这是自己承认的。

"我应当说一句什么话？"乾生想。"说一句不现痕迹的话语，是好的。使她知道我是怎样地能爱人，又怎样要人爱——"

这仍然是第一步。第一步？不，他简直不去想那第一步！

"密司马——"

"怎么？"

"没有的。"

他是当真没有话可说，要说的话为她这一问，又跑到不能临时拉出的远地方去了。

他们的眼睛又碰在一块儿。

这时她从他眼中，看出他所要说的话了。他的羞怯也全看出了。他的不规矩的进取心思也全看出。他也看出她了解自己的神气了。

她也脸红了。

她红着脸一句话不再说离开游艺股办公室，他就红着脸伏在桌上看到她的影子消失在一个连翘花台背后去。

他像得了什么，又失了什么。心坐苦楚不能受。在此时，是应当哭还是应当笑？他也分不清。用手抓他的短头发，这是小说上人物的动作，维特似乎就这样，他就采用了。

天气很好，游艺会玩得大家更高兴。来宾挤满了一校，招待员各人在身边配了绫子的徽识，跑来跑去照料得极周到。艺术展览室，绘画刺绣全是些足为本校生色的精致作品。团体游戏竞技，玩得许多好花样。结果使来宾在批评簿上恭维一堆本校精神的话语，一个白天算是过去了。

到夜里，各处红绿电灯点缀得本校像大的戏院子，分地进行旧戏，新戏，电影，烟火，名人演讲，等等玩意儿。职员分班各处来照料，更热闹，更有趣。

新戏放在大学部的礼堂上排演，因为戏前有跳舞，来宾多半是些以艺术为生命的人，这里人，更多了。

到开幕以前，窗子上也塞满人头了。乾生在场做招待，眼看到时间快到时，几个招待员，也全跑到前排在先就为演员办事人休息留下的位置上坐下了，乾生坐到前排靠右边，有用意。

密司马，跳舞是一个要角，《一只马蜂》的余小姐，又得她去装，在右边，一开幕就是……

跳舞的人裙子扬起时，唔——

世界上，原是有那许多人，为一个虚荣的冲动，骄傲的冲动，才感到要爱一个人，是当真的。这人美，在社会上能够摇撼许多少年人的心，归结这人为我有，在这自己的占有中，别人的企羡中，才能见到胜利光荣和富有，在这种情形中才算完成他爱情，这不只是某一类人有这种心情，全都是。也许你的爱人并不怎样美，你们一块儿顾自同在家里时，会亲切得像块饧。但是一出到北海一类大庭广众中，你若陪你黄脸小脚太太玩，你必不大能高兴。你无形中也会故意离你太太走得远一

167

点。反之，你若同到一个美的妇人走，这人就不是你的什么，至多是你朋友的太太，你也愿意别人疑到你们是一对，让人把妒忌暂时落在你头上，你不以为不应当，也是自然吧。

因此我们可以想起乾生此时的心情。

一个恋人，又是那样的美，那样的出众，此时大致就已在那紫绒幔子后面装成一个皇后模样了，行见哨子一发幔一甩……

当他想到自己的将来情人就要在台上消受别人的掌声时，他面在发烧，心在跳，又即刻陷到十八那早晨无可奈何的情境中去了。

第一次跳舞完了后，几个女同学，换了衣服到台下座位上来休息，看别的跳舞。

几个男同学起身让开了座位，又到场内各处打招呼去了。乾生还没有立起，密司马就在并排一个位子上坐下来。他不知道是起来还是坐下好。惶遽得同一个贼在主人面前一个样。

在乾生身背后一排一个女人同到密司马说话，密司马就从右边旋过头去答。

"密司马，你的王后舞真好！"

乾生回头看那说话女人时，才见到后几排的眼睛全对着自己隔座这个人。

"机会，——又是一个机会！"

又有什么在乾生耳朵边告警了。

一个又长又白的脖子，脖子上的粉，粉的香，刚才还披散着这时随意来束成的一个粑粑髻，耳朵上所覆被的白色绒毛，沿着肩下去，一切在煤气灯略带绿色的灯光下，显得出这天打就的身体的一切线的匀称处。

"密司马——"

这女人头略扭，眼光就碰到乾生的眼光。乾生立时把头低下去，努力腼腆说完一句话，"你的王后舞真好！"

女人不做声。

乾生不敢再抬头看侧面，但所能感觉得到的，是女人在心上也起了某一类感觉，接着是女人身子略偏近自己一点，正踏着的女人的脚是在听到话后骤然停止了。乾生把握着这一段憧憬稀薄的印象，就极其痛苦起身走出会场去。

谁也不知道今晚密司马演了一出《一只马蜂》以外的什么戏。

游艺会过了。一些掌声，一些喝彩，女主角们也渐渐忘怀了。一些体育家，一些魔术家，仍然恢复斯斯文文了。一些烟火，一些欢悦，都随了空气为风吹得无踪无影了。大家仍然每日挟了课本来念书，是正事，要看热闹只好呆到秋季再来了。

乾生一天更忧郁一天的下来，已渐近于世人所说的呆子气。假使是他全没有空想，也许好点的。

十六年五月于北京

主 妇

碧碧睡在新换过的净白被单上，一条琥珀黄绸面薄棉被裹着个温暖暖的身子。长发披拂的头埋在大而白的枕头中，翻过身时，现出一片被枕头印红的小脸，睡态显得安静和平。眼睛闭成一条微微弯曲的线。眼睫毛长而且黑，嘴角边还酿了一小涡微笑。

家中女佣人打扫完了外院，轻脚轻手走到里窗前来，放下那个布帘子，一点声音把她弄醒了。睁开眼看看，天已大亮，并排小床上绸被堆起像个小山，床上人已不见（她知道他起身后到外边院落用井水洗脸去了）。伸手把床前小台几上的四方表拿起，刚六点整。时间还早，但比预定时间已迟醒了二十分。昨晚上多谈了些闲话，一觉睡去直到同房起身也不惊醒。天气似乎极好，人闭着眼睛，从晴空中时远时近的鸽子唔哨可以推测得出。

她当真重新闭了眼睛，让那点声音像个摇床，把她情感轻轻摇荡着。

一朵眩目的金色葵花在眼边直是晃，花蕊紫油油的，老在变动，无从捕捉。她想起她的生活，也正仿佛是一个不可把握的幻影，时刻在那里变化。什么是真实的，什么是最可信的，说不清楚。她很快乐。想起今天是个希奇古怪的日子，她笑了。

今天八月初五。三年前同样一个日子里，她和一个生活全不相同性格也似乎有点古怪的男子结了婚。为安排那个家，两人坐车从东城跑到西城，从天桥跑到后门，选择新家里一切应用东西，从卧房床铺到厨房碗柜，一切都在笑着、吵着、商量埋怨着，把它弄到屋里。从上海来的姐姐，从更远南方来的表亲，以及两个在学校里念书的小妹妹，和三五朋友，全都像是在身上钉了一根看不见的发条，忙得轮子似的团团转。

纱窗、红灯笼、赏下人用的红纸包封、收礼物用的洒金笺谢帖，全部齐备后，好日子终于到了。正同姐姐用剪子铰着小小红双喜字，预备放到糕饼上去，成衣人送来了一袭新衣。"是谁的？""小姐的。"拿起新衣跑进新房后小套间去，对镜子试换新衣。一面换衣一面胡胡乱乱地想着：……一切都是偶然的，彼一时或此一时。想碰头大不容易，要逃避也枉费心力。一年前还老打量穿件灰色学生制服，扮个男子过北平去读书，好个浪漫的想象！谁知道今天到这里却准备扮新娘子，心甘情愿给一个男子做小主妇！

电铃响了一阵，外面有人说话，"东城陈公馆送礼，四个小碟子。"新郎忙匆匆地拿了那个礼物向新房里跑，"来瞧，宝贝，多好看的四个小碟子！你在换衣吗？赶快来看看，送力钱一块吧。美极了。"院中又有人说话，来了客人。一个表姐，一个史湘云二世。人在院中大喉咙嚷，"贺喜贺喜，新娘子隐藏到哪里去了？不让人看看新房子，是什么意思？有什么机关布景，不让人看？""大表姐，请客厅坐坐，姐姐在剪花，等你帮帮忙！""新人进房，媒人跳墙；不是媒人，无忙可帮。我还有事得走路，等到礼堂去贺喜，看王大娘跳墙！"花匠又来了。接着是王宅送礼，周宅送礼；一个送的是瓷瓶，一个送的是陶俑。新郎又忙匆匆地抱了那礼物到新房中来，"好个花瓶，好个美人。碧碧，你来看！怎么还不把新衣穿好？不合身吗？我不能进来看看吗？""嗨，嗨，请不要来，不要来！"另一个成衣人又送衣来了。"新衣又来了。让我进来看看好。"

于是两人同在那小套间里试换新衣，相互笑着，埋怨着。新郎对于当前正在进行的一件事情，虽然心神气间却俨然以为不是一件真正事情，为了必须从一种具体行为上证实它，便想拥抱她一下，吻她一下。"不能胡闹！""宝贝，你今天真好看！""唉，唉，我的先生，你别碰我，别把我新衣揉皱，让我好好地穿衣。你出去，不许在这里捣乱！""你完全不像在学校里的样子了。""得了得了。不成不成。快出去，有人找你！得了得了。"外面一片人声，果然又是有人来了。新郎把她两只手吻吻，笑着跑了。

当她把那件浅红绸子长袍着好，轻轻地开了那扇小门走出去时，新郎正在窗前安放一个花瓶。一回头见到了她，笑咪咪地上下望着，"多美丽的宝贝！简直是……""唉，唉，我的大王，你两只手全是灰，别碰我，别碰我。谁送那个瓶子？""周三兄的贺礼。""你这是什么意思？顶喜欢弄这些容易破碎的东西，自己买来不够，还希望朋友也买来送礼。真是古怪脾气！""一点不古怪！这是我的业余兴趣。你不欢喜这个青花瓶子？""唉，唉，别这样。快洗手去再来。你还是玩你的业余宝贝，让我到客厅里去看看。大表姐又嚷起来了。"

一场热闹过后，到了晚上。几人坐了汽车回到家里，从××跟踪来的客人陆续都散尽了。大姐姐表演了一出昆剧《游园》，哄着几个小妹妹到厢房客厅里睡觉去了。两人忙了一整天，都似乎十分疲累，需要休息。她一面整理衣物，一面默默地注意到那个朋友。朋友正把五斗橱上一对羊脂玉盒子挪开，把一个青花盘子移到上面去。

像是赞美盘子，又像是赞美她："宝贝，你真好！你累了吗？一定累极了。"

她笑着，话在心里："你一定比我更累，因为我看你把那个盘子搬了五次六次。"

"宝贝，今天我们算是结婚了。"

她依然微笑着，意思像在说："我看你今天简直是同瓷器结婚，一时叫我作宝贝，一时又叫那盘子罐子作宝贝。"

"一个人都得有点嗜好，一有嗜好，总就容易积久成癖，欲罢不能。收藏铜玉，我无财力，搜集字画，我无眼力，只有这些小东小西，不大费钱，也不是很无意思的事情。并且人家不要的我来要……"

她依然微笑着，意思像在说："你说什么？人家不要的你要……"

停停，他想想，说错了话，赶忙补充说道："我玩盘子瓶子，是人家不要的我要。至于人呢，恰好是人家想要而得不到的，我要终于得到。宝贝，你真想不到几年来你折磨我成什么样子？"

她依然笑着，意思像在说："我以为你真正爱的，能给你幸福的，还是那些容易破碎的东西。"

他不再说什么了，只是莞尔而笑。话也许对。她可不知道他的嗜好原来别有深意。他似乎追想一件遗忘在记忆后的东西，过了一会，自言自语说："碧碧，你今年二十三岁，就做了新嫁娘！当你二十岁时想不想到这一天？甜甜的眉眼，甜甜的脸儿，让一个远到不可想象的男子傍近身边来同过日子。他简直是飞来的。多希奇古怪的事情！你说，这是个人的选择，还是机运的偶然？若说是命定的，倘若我不在去年过南方去，会不会有现在？若说是人为的，我们难道真是完全由自己安排的？"

她轻轻地呼了一口气。一切都不宜向深处走，路太远了。昨天或明天与今天，在她思想中无从联络。一切若不是命定的，至少好像是非人为的。此后料不到的事还多着哪。她见他还想继续讨论一个不能有结论的问题，于是说："我倦了。时间不早了。"

日子过去了。

接续来到两人生活里的，自然不外乎欢喜同负气，风和雨，小小的伤风感冒，短期的离别，米和煤价的记录，搬家，换厨子，请客或赴宴，红白喜事庆吊送礼。本身呢，怀了孕又生产，为小孩子一再进出医院，从北方过南方，从南方又过北方。一堆日子一堆人事倏然而来且悠然而逝。过了三年。寄住在外祖母身边的小孩子，不知不觉间已将近满足两周岁。

这个从本身分裂出来的幼芽，不特已经会大喊大笑，且居然能够坐在小凳子上充汽车夫，知道嘟嘟嘟学汽车叫吼。有两条肥硕脆弱的小腿，一双向上飞扬的眉毛，一种大模大样无可不可的随和性情。一切身边的都证明在不断地变化，尤其是小孩子，一个单独生命的长成，暗示每个新的日子对人赋予一种特殊意义。她是不是也随着这川流不息的日子，变成了另外一个人呢？想起时就如同站在一条广泛无涯的湖边一样，有点茫然自失。她赶忙低下头去用湖水洗洗手。她爱她的孩子，为孩子笑哭迷住了。因为孩子，她忘了昨天，也不甚思索明天。母性情绪的扩张，使她显得更实际了一点。

当她从中学毕业，转入一个私立大学里做一年级学生时，接近她的同学都说她"美"。她觉得有点惊奇，不大相信。心想：什么美？少所见，多所怪罢了。有作用的阿谀不准数，她不需要。她于是谨慎又小心地回避同那些阿谀她的男子接近。

到后她认识了他。他觉得她温柔甜蜜，聪明而朴素。到可以多说点话时，他告她他好像爱了她。话还是和其余的人差不多，不过说得稍稍不同罢了。当初她还以为不过是"照样"的事，也自然照样搁下去。人事间阻，使她觉得对他应特别疏远些，特别温柔甜蜜些，不理会他。她在一种谦退逃遁情形中过了两年。在这些时间中自然有许多同学不得体的殷勤来点缀她的学生生活。她一面在沉默里享用这份不大得体的殷勤，一面也就渐成习惯，用着一种期待，去接受那个陌生人的来信。信中充满了谦卑的爱慕，混和了无望无助的忧郁。她把每个来信从头看到末尾，随后便轻轻地叹一口气，把那些信加上一个记号，收藏到一个小小箱子里去了。毫无可疑，那些冗长的信是能给她一点秘密快乐，帮助她推进某种幻想的。间或一时也想回个信，却不知应当如何措辞。生活呢，相去太远；性情呢，不易明白。说真话，印象中的他瘦小而羞怯，似乎就并不怎么出色。两者之间，好像有一种东西间隔，也许时间有这种能力，可以把那种间隔挪开，那谁知道。然而她已慢慢地从他那长信习惯于看到许多微嫌鲁莽的字眼。她已不怕他。一点爱在沉默里生长了。她依然不理睬他，不曾试用沉默以外任何方法鼓励过他，很谨慎地保持那个距离。她其所以这样做，与其说是为他，不如说是为另外一些不相干的人。她怕人知道，怕人嘲笑，连自己姐姐也不露一丝儿风。然而这是可能的吗？

自然是不可能的。她毕了业，出学校后便住在自己家里，他知道了，计算她对待他应当不同了一点，便冒昧乘了横贯南北的火车，从北方一个海边到她的家乡来看她。一种十分勉强充满了羞怯情绪的晤面，一种不知从何说起的晤面。到临走时，他问她此后作何计划。她告他说得过北京念几年书，看看那个地方大城大房子。到了北京半年后，他又从海边来北京看她。依然是那种用微笑或沉默代替语言的晤面。临走时，他又向她说，生活是有各种各样的，各有好处也各有是处的，此后是不是还值得考虑一下？看她自己。一个新问题来到了她的脑子里，此后是到一个学校里去还是到一个家庭里去？她感觉徘徊。末了她想：一切是机会，幸福若照例是孪生的，昨天碰头的事，今天还会碰头。三年都忍受了，过一年也就不会飞，不会跑——且搁下罢。如此一来当真又搁了半年。另外一个新的机会使她和他成为一个学校的同事。

同在一处时，他向她很蕴藉地说，那些信已快写完了，所以天就让他和她来在一处做事。倘若她不十分讨厌他，似乎应当想一想，用什么方法使他那点痴处保留下来，成为她生命中一种装饰。一个女人在青春时是需要这个装饰的。

为了更谨慎起见，她笑着说，她实在不大懂这个问题，因为问题太艰深。倘若当真把信写完了，那么就不必再写，岂不省事？他神气间有点不高兴，被她看出了。她随即问他，为什么许多很好看的女人他不麻烦，却老缠住她。她又并不是什么美人。事实上她很平凡，老实而不调皮。说真话，不用阿谀，好好地把道理告给她。

他的答复很有趣，美是不固定无界限的名词，凡事凡物对一个人能够激起情绪引起惊讶感到舒服就是美。她由于聪明和谨慎，显得多情而贞洁，容易使人关心或倾心。他觉得她温和的眼光能驯服他的野心，澄清他的杂念。他认识了很多女子，征服他，统一他，惟她有这种魔力或能力。她觉得这解释有意思。不十分诚实，然而美丽，近于阿谀，至少与一般阿谀不同。她还不大了解一个人对于一个人狂热的意义，却乐于得人信任，得人承认。虽一面也打算到两人再要好一点，接近一点，那点"惊讶"也许就会消失，依然同他订婚而且结婚了。

结婚后她记着他说的一番话，很快乐地在一分新的生活中过日子。两人生活习惯全不相同，她便尽力去适应。她一面希望在家庭中成一个模范主妇，一面还想在社会中成一个模范主妇。为人爱好而负责，谦退而克己。她的努力，并不白费，在戚友方面获得普遍的赞颂和同情，在家庭方面无事不井井有条。然而恰如事所必至，那贴身的一个人，因相互之间太密切，她发现了他对她那点"惊讶"，好像被日常生活在腐蚀，越来越少，而另外一种因过去生活已成习惯的任性处，粗疏处，却日益显明。她已明白什么是狂热，且知道他对她依然保有那种近于童稚的狂热，但这东西对日常生活却毫无意义，不大需要。这狂热在另一方面的滥用或误用，更增加她的戒惧。她想照他先前所说的征服他，统一他，实办不到；于是间或不免感到一点幻灭，以及对主妇职务的厌倦。也照例如一般女子，以为结婚是一种错误，一种自己应负一小半责任的错误。她爱他又稍稍恨他。他看出两人之间有一种变迁，他冷了点。

这变迁自然是不可免的。她需要对于这个有更多的了解，更深的认识。明白"惊讶"的消失，事极自然，惊讶的重造，如果她善于调整或控制，也未尝不可能。由于年龄或性别的限制，这事她做不到。既昧于两性间在情绪上自然的变迁，当然就在欢乐生活里掺入一点眼泪，因此每月随同周期而来短期的悒郁、无聊以及小小负气，几乎成为固定的一分。她才二十六岁，还不到能够静静地分析自己的年龄。她为了爱他，退而从容忍中求妥协，对他行为不图了解但求容忍。这容忍正是她厚重品德的另一面。然而这有个限度，她常担心他的行为有一时会溢出她容忍的限度。

他呢，是一个血液里铁质成分太多，精神里幻想成分太多，生活里任性习惯太多的男子。是个用社会作学校，用社会作家庭的男子。也机智，也天真。为人热情而不温柔，好事功，却缺少耐性。虽长于观察人事，然拙于适应人事。爱她，可不善于媚悦她。忠于感觉而忽略责任。

特别容易损害她处，是那个热爱人生富于幻想忽略实际的性格，那性格在他个人事业上能够略有成就，在家庭方面就形成一个不可救药的弱点。他早看出自己那毛病，在预备结婚时，为了适应另外一个人的情感起见，必须改造自己。改造自己最具体方法，是搁下个人主要工作，转移嗜好，制止个人幻想的发展。他明白玩物丧志，却想望收集点小东小西，因此增加一点家庭幸福。婚后他对于她认识得更多了一点，明白她对他的希望是"长处保留，弱点去掉"。她的年龄，还不到了解"一个人的性格，在某一方面是长处，于另一方面恰好就是短处"。他希望她对他多有一分了解，与她那容忍美德更需要。到后他明白这不可能。他想：人事常常得此则失彼，有所成必有所毁，服从命定未必是幸福，但也未必是不幸。如今既不能超凡入圣，成一以自己为中心的人，就得克制自己，尊重一个事实；既无意高飞，那必须剪除翅翼。三年来他精神方面显得有点懒惰，有点自弃，有点衰老，有点俗气，然而也就因此，在家庭生活中显得多有一点幸福。

她注意到这些时，听他解释到这些时，自然觉得有点矛盾。一种属于独占情绪与纯理性相互冲突的矛盾。她相信他解释的一部分。对这问题思索向深处走，便感到爱怨的纠缠，痛苦与幸福平分，十分惶恐，不知所向。所以明知人生复杂，但图化零为整，力求简单。善忘而不追究既往，对当前人事力图尽责。删除个人理想，或转移理想成为对小孩关心。易言之，就是尽人力而听天命，当两人在熟人面前被人称谓"佳偶"时，就用微笑表示"也像冤家"的意思；又或从人神气间被目为"冤家"时，仍用微笑表示"实是佳偶"的意思。在一般人看来她很快乐，她自己也就不发掘任何愁闷。她承认现实，现实不至于过分委屈她时，她照例是愉快而活泼，充满了生气过日子的。

过了三年。他从梦中摔碎了一个瓶子，醒来时数数所收集的小碟小碗，已将近三百件。那是压他性灵的沙袋，铰他幻想的剪子。他接着记起了今天是什么日子，面对着尚在沉睡中的她，回想起三年来两人的种种过去。因性格方面不一致处，相互调整的努力，因力所不及，和那意料以外的情形，在两人生活间发生的变化。且检校个人在人我间所有的关系，某方面如何种下了快乐种子，某方面又如何收获了些痛苦果实。更无怜悯地分析自己，解剖自己，爱憎取予之际，如何近于笨拙，如何仿佛聪明。末后便想到那种用物质嗜好自己剪除翅翼的行为，看看三年来一些自由人的生活，以及如昔人所说"跛者不忘履"情感上经常与意外的斗争，脑子渐渐有点糊涂起来了。觉得应当离开这个房间，到有风和阳光的院子里走走，就穿上衣，轻轻地出了卧房。到她醒来时，他已在院中水井边站立一点钟了。

他在井边静静地无意识地觑着院落中那株银杏树，看树叶间微风吹动的方向。辨明风向哪方吹，应向哪方吹，俨然就可以借此悟出人生的秘密。他想，一个人心头上的微风，吹到另外一个人生活里去时，是偶然还是必然？在某种人常受气候年龄环境所控制，在某种人又似乎永远纵横四溢，不可范围。谁是最合理的？人生的理想，是情感的节制恰到好处，还是情感的放肆无边无涯？生命的取予，是昨天的好，当前的好，还是明天的好？

注目一片蓝天，情绪做无边岸的游泳，仿佛过去未来，以及那个虚无，他无往不可以自由前去。他本身就是一个抽象。直到自觉有点茫然时，他才知道自己原来还是站在一个葡萄园的井水边。他摘了一片叶子在手上，想起一个贴身的她，正同葡萄一样，紧紧地植根泥土里，那么生活贴于实际。他不知为什么对自己忽然发生了一点怜悯，一点混合怜悯的爱。"太阳的光和热给地上万物以生命悦乐，我也能够这样做去，必须这样做去。高空不是生物所能住的，我因此还得贴近地面。"

躺在床上的她稍稍不同。

她首先追究三年来属于物质环境的变迁，因这变迁而引起的轻微惆怅与轻微惊讶。旋即从变动中的物质的环境，看出有一种好像毫不改变的东西。她觉得希奇（似乎希奇）。原来一切在寒暑交替中都不同了，可是个人却依然和数年前在大学校里读书时差不多。这种差不多的地方，从一些生人熟人眼色语言里可以证明，从一面镜子中也可以证明。

她记起一个朋友提起关于她的几句话，说那话时朋友带着一种可笑的惊讶神气。"你们都说碧碧比那新娘子表妹年纪大，已经二十六岁，有了个孩子。二十六岁了，谁相信？面貌和神气，都不像个大人，小孩子已两岁，她自己还像个孩子！"

一个老姑母说的笑话更有意思："碧碧，前年我见你，年纪像比大弟弟小些，今年我看你，好像比五弟弟也小些了。你做新娘子时比姐姐好看，生了孩子，比妹妹也好看了。你今年二十六岁，我看只是二十二岁。"

想起这些话，她觉得好笑。人已二十六岁，再过四个足年就是三十，一个女子青春的峰顶，接着就是那一段峻急下坡路；一个妇人，一个管家婆，一个体质日趋肥硕性情日变随和的中年太太，再下去不远就是儿孙绕膝的老祖母。一种命定的谁也不可避免的变化。虽然这事在某些人日子过得似乎特别快，某些人又稍慢一些，然而总得变化！可是如今看来，她却至少还有十个年头才到三十岁关口。在许多人眼睛里因为那双眼睛同一张甜甜的脸儿，都把她估计作二十二到二十四岁。都以为她还是在大学里念书。都不大相信她会做了三年主妇，还有了个两岁大孩子。算起来，这是一个如何可笑的错误！这点错误却俨然当真把她年龄缩小了。从老姑母戏谑里，从近身一个人的狂热里，都证明这错误是很自然的，且将继续下去的。仿佛虽然岁月在这个广大人间不息地成毁一切，在任何人事上都有新和旧的交替，但间或也有例外，就是属于个人的青春美丽的常驻。这美丽本身并无多大意义，尤其是若把人为的修饰也称为美丽的今日。好处却在过去一时，它若曾经激动过一些人的神经，缠缚着一些人的感情，当前还好好保存，毫无损失。那些陌生的熟习的远远近近的男子因她那青春而来的一点痴处，一点鲁莽处，一点从淡淡的友谊而引起的忧郁或沉默，一点从微笑或一瞥里新生的爱，都好好保存，毫无损失。她觉得快乐。她很满意自己那双干净而秀气浅褐颜色的小手。她以为她那眉眼耳鼻，上帝造做时并不十分马虎。她本能地感觉到她对于某种性情的熟人，能够煽起他一种特别亲切好感，若她自愿，还可给予那些陌生人一点烦恼或幸福（她那对于一个女子各种德行的敏感，也就因为从那各种德行履行中，可以得到旁人对她的赞颂，增加旁人对她的爱慕）。她觉得青春的美丽能征服人，品德又足相符，不是为骄傲，不是为虚荣，只为的是快乐；美貌和美德，同样能给她以快乐。

其时她正想起一个诗人所说的"日子如长流水逝去，带走了这世界
一切，却不曾带走爱情的幻影，童年的梦，和可爱的人的笑和颦"，有
点害羞，似乎因自己想象的荒唐处而害羞。他回到房中来了。

她看他那神色似乎有点不大好。她问他说：

"怎么的？不记得今天是什么日子了吗？为什么一个人起来得那么
早，悄悄跑出去？"

他说："为了爱你，我想起了许多我们过去的事情。"

"我呢，也想起许多过去事情。吻我。你瞧我多好！我今天很快
乐，因为今天是我们两个人最可纪念的一天！"

他勉强微笑着说："宝贝，你是个好主妇。你真好，许多人都觉得
你好。"

"许多人，许多什么人？人家觉得我好，可是你却不大关心我，不
大注意我。你不爱我！至少是你并不整个属于我。"她说的话虽挺真，
却毫无生气意思。故意装作不大高兴的神气，把脸用被头蒙住，暗地里
咕咕笑着。

一会儿猛然把绸被掀去，伸出两条圆圆的臂膀搂着他的脖子，很快
乐地说道："宝贝，你不知道我如何爱你！"

一缕新生忧愁侵入他的情绪里。他不知道自己应当如何来努力，就
可以使她高兴一点，对生活满意一点，对他多了解一点，对她自己也
认识清楚一点。他觉得她太年轻了，精神方面比年龄尤其年轻。因此

她当前不大懂他，此后也不大
会懂他。虽然她爱他，异常
爱他。他呢，愿意如她所希
望的"完全属于她"，可是
不知道如何一来，就能够完全
属于她。

廿五年作于北平

廿六年五月改

一个多情水手与一个多情妇人

　　我的小表到了七点四十分时，天光还不很亮。停船地方两山过高，故住在河上的人，睡眠仿佛也就可以多些了。小船上水手昨晚上吃了我五斤河鱼，鱼虽吃过，大约还记得着那吃鱼的原因，不好意思再睡，这时节业已起身，卷了铺盖，在烧水扫雪了。两个水手一面工作一面用野话编成韵语骂着玩着，对于恶劣天气与那些昨晚上能晃着火炬到有吊脚楼人家去同宽脸大奶子妇人纠缠的水手，含着无可奈何的妒忌。

　　大木筏都得天明时漂滩，正预备开头，寄宿在岸上的人已陆续下了河，与宿在筏上的水手们，共同开始从各处移动木料，筏上有斧斤声与大摇槌嘭嘭的敲打木桩声音。许多在吊脚楼寄宿的人，从妇人热被里脱身，皆在河滩大石间跕跕走着，回归船上。妇人们恩情所结，也多和衣靠着窗边，与河下人遥遥传述那种"后会有期各自珍重"的话语。很显然的事，便是这些人从昨夜那点露水恩情上，已经各在那里支付分上一把眼泪与一把埋怨。想到这些眼泪与埋怨，如何揉进这些人的生活中，成为生活之一部分时，使人心中柔和得很！

第一个大木筏开始移动时，在八点左右。木筏四隅数十支大桡，泼水而前，筏上且起了有节奏的"唉"声。接着又移动了第二个。……木筏上的桡手，各在微明中画出一个黑色的轮廓。木筏上某一处必扬着一片红红的火光，火堆旁必有人正蹲下用钢罐煮水。

我的小船到这时节一切业已安排就绪，也行将离岸，向长潭上游溯江而上了。

只听到河下小船邻近不远某一只船上，有个水手哑着嗓子喊人：

"牛保，牛保，不早了，开船了呀！"

许久没有回答，于是又听那个人喊道：

"牛保，牛保，你不来当真船开动了！"

再过一阵，催促的转而成为辱骂，不好听的话已上口了。

"牛保，牛保，狗×的，你个狗就见不得河街女人的×！"

吊脚楼上那一个，到此方仿佛初从好梦中惊醒，从热被里妇人手臂中逃出，光身跑到窗边来答着：

"宋宋，宋宋，你喊什么？天气还早咧。"

"早你的娘，人家木簰全开了，你×了一夜还尽不够！"

"好兄弟，忙什么？今天到白鹿潭好好地喝一杯！天气早得很！"

"天气早得很，哼，早你的娘！"

"就算是早我的娘吧。"

最后一句话，不过是我所想象的。因为河岸水面那一个，虽尚呶呶不已，楼上那一个却业已沉默了。大约这时节那个妇人还卧在床上，也开了口："牛保，牛保，你别理他，冷得很！"因此即刻又回到床上热被里去了。

只听到河边那个水手喃喃地骂着各种野话，且有意识把船上家伙撞磕得很响。我心想：这是个什么样子的人，我倒应该看看他。且很希望认识岸上那一个。我知道他们那只船也正预备上行，就告给我小船上水手，不忙开头，等等同那只船一块儿开。

不多久，许多木筏离岸了，许多下行船也拔了锚，推开篷，着手荡桨摇橹了。我卧在船舱中，就只听到水面人语声，以及橹桨激水声，与橹桨本身被扳动时咿咿呀呀声。河岸吊脚楼上妇人在晓气迷蒙中锐声地喊人，正如同音乐中的笙管一样，超越众声而上。河面杂声的综合，交织了庄严与流动，一切真是一个圣境。

我出到舱外去站了一会儿，天已亮了，雪已止了，河面寒气逼人。眼看这些船筏各载上白雪浮江而下，这里那里扬着红红的火焰同白烟，两岸高山则直矗而上，如对立巨魔，颜色淡白，无雪处皆作一片墨绿。奇景当前，有不可形容的瑰丽。

一会儿，河面安静了。只剩下几只小船同两片小木筏，还无开头意思。

河岸上有个蓝布短衣青年水手，正从半山高处人家下来，到一只小船上去。因为必须从我小船边过身，故我把这人看得清清楚楚。大眼，宽脸，鼻子短，宽阔肩膊下挂着两只大手（手上还提了一个棕衣口袋，里面填得满满的），走路时肩背微微向前弯曲，看来处处皆证明这个人是一个能干得力的水手！我就冒昧地喊他，同他说话："牛保，牛保，你玩得好！"

谁知那水手当真就是牛保。

那家伙回过头来看看是我叫他，就笑了。我们的小船好几天以来，皆一同停泊，一同启碇，我虽不认识他，他原来早就认识了我的。经我一问，他有点害羞起来了。他把那口袋举起带笑说道："先生，冷呀！你不怕冷吗？我这里有核桃，你要不要吃核桃？"

我以为他想卖给我些核桃，不愿意扫他的兴，就说我要，等等我一定向他买些。

他刚走到他自己那只小船边，就快乐地唱起来了。忽然税关复查处比邻吊脚楼人家窗口，露出一个年轻妇人鬓发散乱的头颅，向河下人锐声叫将起来："牛保，牛保，我同你说的话，你记着吗？"

年轻水手向吊脚楼一方把手挥动着。

"唉，唉，我记得到！……冷！你是怎的啊！快上床去！"大约他知道妇人起身到窗边时，是还不穿衣服的。

妇人似乎因为一番好意不能使水手领会，有点不高兴的神气。

"我等你十天，你有良心，你就来——"说着，"砰"的一声把格子窗放下了。这时节眼睛一定已红了。

那一个还向吊脚楼喃喃说着什么，随即也上了船。我看看，那是一只深棕色的小货船。

我的小船行将开头时，那个青年水手牛保却跑来送了一包核桃。我以为他是拿来卖给我的，赶快取了一张值五角的票子递给他。这人见了钱只是笑。他把钱交还，把那包核桃从我手中抢了回去。

"先生，先生，你买我的核桃，我不卖！我不是做生意人。（他把手向吊脚楼指了一下，话说得轻了些。）那婊子同我要好，她送我的。送了我那么多，还有栗子、干鱼。还说了许多痴话，等我回来过年咧……"

慷慨原是辰河水手一种通常的性格。既不要我的钱，皮箱上正搁了一包烟台苹果，我随手取了四个大苹果送给他，且问他：

"你回不回来过年？"

他只笑嘻嘻地把头点点，就带了那四个苹果飞奔而去。我要水手开了船。小船已开到长潭中心时，忽然又听到河边那个哑嗓子在喊嚷：

"牛保，牛保，你是怎么的？我×你的妈，还不下河，我翻你的三代，还……"

一会儿，一切皆沉静了，就只听到我小船船头分水的声音。

听到水手的辱骂，我方明白那个快乐多情的水手，原来得了苹果后，并不即返船，仍然又到吊脚楼人家去了。他一定把苹果献给那个妇人，且告给妇人这苹果的来源，说来说去，到后自然又轮着来听妇人说的痴话，所以把下河的时间完全忘掉了。

小船已到了辰河多滩的一段路程，长潭尽后就是无数大滩小滩。河水半月来已落下六尺，雪后又照例无风，较小船只即或可以不从大漕上行，沿着河边浅水处走去也依然十分费事。水太干了，天气又实在太冷了点。我伏在舱口看水手们一面骂野话，一面把长篙向急流乱石间掷去，心中却念及那个多情水手。船上滩时浪头俨然只想把船上人攫走。水流太急，故常常眼看业已到了滩头，过了最紧要处，但在抽篙换篙之际，忽然又会为急流冲下。河水又大又深，大浪头拍岸时常如一个小山，但它总使人觉得十分温和。河水可同一股火，太热情了一点，时时刻刻皆想把人攫走，且仿佛完全只凭自己意见做去。但古怪的是这些弄船人，他们逃避急流同漩水的方法十分巧妙。他们得靠水为生，明白水，比一般人更明白水的可怕处；但他们为了求生，却在每个日子里每一时间皆有向水中跳去的准备。小船一上滩时，就不能不向白浪里钻去，可是他们却又必有方法从白浪里找到出路。

在一个小滩上，因为河面太宽，小漕河水过浅，小船缆绳不够长不能拉纤，必须尽手足之力用篙撑上，我的小船一连上了五次皆被急流冲下。船头全是水。到后想把船从对河另一处大漕走去，漂流过河时，从白浪中钻出钻进，篷上也沾了水。在大漕中又上了两次，还花钱加了个临时水手，方把这只小船弄上滩。上过滩后问水手是什么滩，方知道这滩名"骂娘滩"，（说野话的滩！）即或是父子弄船，一面弄船也一面得互骂各种野话，方可以把船弄上滩口。

一整天小船尽是上滩，我一面欣赏那些从船舷驶过急于奔马的白浪，一面便用船上的小斧头，敲剥那个风流水手见赠的核桃吃。我估想这些硬壳果，说不定每一颗还都是那吊脚楼妇人亲手从树上摘下，用鞋底揉去一层苦皮，再一一加以选择，放到棕衣口袋里来的。望着那些棕色碎壳，那妇人说的"你有良心你就赶快来"一句话，也就尽在我耳边响着。那水手虽然这时节或许正在急水滩头趴伏到石头上拉船，或正脱了裤子涉水过溪，一定却记忆着吊脚楼妇人的一切，心中感觉十分温暖。每一个日子的过去，便使他与那妇人接近一点点。十天完了，过年了，那吊脚楼上，照例门楣上全贴了红喜钱，被捉的雄鸡啊呵呵呵地叫着。雄鸡宰杀后，把它向门角落抛去，只听到翅膀扑地的声音。锅中蒸了一笼糯米饭，长年覆着搁在门口的老粑糟，那时节业已翻动，粑槌也洗得干干净净，只等候把蒸熟的米饭倒下，两人就开始在一个石臼里捣将起来。一切事皆两个人共力合作，一切工作中皆掺合有笑谑与善意的诅咒。于是当真过年了。又是叮咛与眼泪，在一分长长的日子里有所期待，留在船上另一个放声地辱骂催促着，方下了船，又是核桃与粟子，干鲤鱼与……

到了午后，天气太冷，无从赶路。时间还只三点左右，我的小船便停泊了。停泊地方名为杨家岨。依然有吊脚楼，飞楼高阁悬在半山中，结构美丽悦目。小船傍在大石边，只须一跳就可以上岸。岸上吊脚楼前枯树边，正有两个妇人，穿了毛蓝布衣裳，不知商量些什么，幽幽地说着话。这里雪已极少，山头皆裸露作深棕色，远山则为深紫色。地方静得很，河边无一只船，无一个人，无一堆柴。只不知河边某一个大石后面有人正在捶捣衣服，一下一下地捣。对河也有人说话，却看不清楚人在何处。

小船停泊到这些小地方，我真有点担心。船上那个壮年水手，是一个在军营中开过小差做过种种非凡事情的人物，成天在船上只唱着"过了一天又一天，心中好似滚油煎"，若误会了我箱中那些带回湘西送人的信笺信封，以为是值钱的东西，在唱过了埋怨生活的戏文以后，转念头来玩个新花样，说不定我还不及被询问"吃板刀面或吃馄饨"以前，就被他解决了。这些事我倒不怎么害怕，凡是蠢人做出的事我不知道什么叫吓怕的。只是有点儿担心，因为若果这个人做出了这种蠢事，我完了，他跑了，这地方可糟了。地方既属于我那些同乡军官大老管辖，就会把他们可忙坏了。

我盼望牛保那只小船赶来，也停泊到这个地方，一面可以不用担心，一面还可以同这个有人性的多情水手谈谈。

直等到黄昏，方来了一只邮船，靠着小船下了锚。过不久，邮船那一面有个年轻水手嚷着要支点钱上岸去吃"荤烟"，另一个管事的却不允许，两人便争吵起来了。只听到年轻的那一个呶呶絮语，声音神气简直同大清早上那个牛保一个样子。到后来，这个水手负气，似乎空着个荷包，也仍然上岸过吊脚楼人家去了。过了一会儿还不见他回船，我很想知道一下他到了那里做些什么事情，就要一个水手为我点上一段废缆，晃着那小小火把，引导我离了船，爬了一段小小山路，到了所谓河街。

五分钟后，我与这个穿绿衣的邮船水手，一同坐到一个人家正屋里火堆旁，默默地地烤火了。一个大油松树根株，正伴同一饼油渣，熊熊地燃着快乐的火焰。间或有人用脚或树枝拨了那么一下，便有好看的火星四散惊起。主人是一个中年妇人，另外还有两个老妇人，虽对水手提出种种问题，且把关于下河的油价、木价、米价、盐价，一件一件来询问他，他却很散漫地回答，只低下头望着火堆。从那个颈项同肩膊，我认得这个人性格同灵魂，竟完全同早上那个牛保水手一样。我明白他沉默的理由，一定是船上管事的不给他钱，到岸上来赊烟不到手。他那闷闷不乐的神气，可以说是很妩媚。我心想请他一次客，又不便说出口。到后机会却来了，门开处进来了一个年事极轻的妇人，头上裹着大格子花布首巾，身穿绿色土布袄子，挂着一条蓝色围裙，胸前还绣了一朵小小白花。那年轻妇人把两只手插在围裙里，轻脚轻手进了屋，就站在中年妇人身后。说真话，这个女人真使我有点儿"惊讶"。我似乎在什么地方另一时节见着这样一个人，眼目鼻子皆仿佛十分熟习。若不是当真在某一处见过，那就必定是在梦里了。公道一点说来，这妇人是个美丽得很的生物！

最先我以为这小妇人是无意中撞来玩玩，听听从下河来的客人谈谈下面事情，安慰安慰自己寂寞的。可是一瞬间，我却明白她是为另一件事而来的了。屋主人要她坐下，她却不肯坐下，只把一双放光的眼睛尽瞅着我，待到我抬起头去望她时，那眼睛却又赶快逃避了。她在一个水手面前一定没有这种羞怯，为这点羞怯我心中有点儿惆怅，引起了点儿怜悯。这怜悯一半给了这个小妇人，却留下一半给我自己。

那邮船水手眼睛为小妇人放了光，很快乐地说："夭夭，夭夭，你打扮得真像个观音！"

那女人抿嘴笑着不理会，表示这点阿谀并不希罕，一会儿方轻轻地说："我问你，白师傅的大船到了桃源不到？"

邮船水手回答了，妇人又轻轻地问："杨金保的船？"

邮船水手又回答了，妇人又继续问着这个那个。我一面向火一面听他们说话，却在心中计算一件事情。小妇人虽同邮船水手谈到岁暮年末水面上的情形，但一颗心却一定在另外一件事情上驰骋。我几乎本能地就感到了这个小妇人是正在爱着我的，不用惊奇，这不是希奇事情。我们若稍懂人情，就会明白一张为都市所折磨而成的白脸，同一件称身软料细毛衣服，在一个小家碧玉心中所能引起的是一种如何幻想，对目前的事也便不用多提了。

对于身边这个小妇人，也正如先前一时对于身边那个邮船水手一样，我想不出用个什么方法，就可以使这个有了点儿野心与幻想的人，得到她所要得到的东西。其实我在两件事上皆不能再吝啬了，因为我对于他们皆十分同情。但试想想看，倘若这个小妇人所希望的是我本身，我这点同情，会不会引起五千里外另一个人的苦痛？我笑了。

……假若我给这水手一笔钱，让这小妇人同他谈一个整夜？

我正那么计算着，且安排如何来给那个邮船水手的钱，使他不至于感觉难为情。忽然听那年轻妇人问道："牛保那只船？"

那邮船水手吐了一口气："牛保的船吗，我们一同上骂娘滩，溜了四次。末后船已上了滩，那拦头的伙计还同他在互骂，且不知为什么互相用篙子乱打乱转起来，船又溜下滩去了。看那样子不是有一个人落水，就得两个人同时落水。"

有谁发问："为什么？"

邮船水手感慨似地说："还不是为那一张×！"

几人听着这件事，皆大笑不已。那年轻小妇人，却长长地吁了一口气。

忽然河街上有个老年人嘶声地喊人：

"夭夭小婊子，小婊子婆，卖×的，你是怎么的，夹着那两片小

×，一眨眼又跑到哪里去了！你来！……"

小妇人听门外街口有人叫她，把小嘴收敛做出一个爱娇的姿势，带着不高兴的神气自言自语说："叫骡子又叫了。夭夭小婊子偷人去了！投河吊颈去了！"咬着下唇很有情致地盯了我一眼，拉开门，放进了一阵寒风，人却冲出去，消失到黑暗中不见了。

那邮船水手望了望小妇人去处那扇大门，自言自语地说："小婊子偏偏嫁老烟鬼，天晓得！"

于是大家便来谈说刚才走去那个小妇人的一切。屋主中年妇人，告给我那小妇人年纪还只十九岁，却为一个年过五十的老兵所占有。老兵原是一个烟鬼，虽占有了她，只要谁有土有财就让床让位。至于小妇人呢，人太年轻了点，对于钱毫无用处，却似乎常常想得很远很远。屋主人且为我解释很远很远那句话的意思，给我证明了先前一时我所感觉到的一件事情的真实。原来这小妇人虽生在不能爱好的环境里，却天生有种爱好的性格。老烟鬼用名分缚着了她的身体，然而那颗心却无从拘束。一只船无意中在码头边停靠了，这只船又恰恰有那么一个年轻男子，一切派头都和水手不同，夭夭那颗心，将如何为这偶然而来的人跳跃！屋主人所说的话增加了我对于这个年轻妇人的关心。我还想多知道一点，请求她告给我，我居然又知道了些不应当写在纸上的事情。到后来，谈起命运，那屋主人沉默了，众人也沉默了。各人眼望着熊熊的柴火，心中玩味着"命运"这个字的意义，而且皆俨然有一点儿痛苦。

　　我呢，在沉默中体会到一点"人生"的苦味。我不能给那个小妇人什么，也再不做给那水手一点点钱的打算了，我觉得他们的欲望同悲哀都十分神圣，我不配用钱或别的方法渗进他们命运里去，扰乱他们生活上那一份应有的哀乐。

　　下船时，在河边我听到一个人唱《十想郎》小曲，曲调卑陋声音却清圆悦耳。我知道那是由谁口中唱出且为谁唱的。我站在河边寒风中痴了许久。

媚金·豹子·与那羊

不知道麻梨场麻梨的甜味的人，告他白脸的女人唱的歌是如何好听也是空话。听到摇橹的声音觉得很美是有人。听到雨声风声觉得美的也有人。听到小孩子半夜哭喊，以及芦苇在小风中说梦话那样细细地响，以为美，也总不缺少那呆子。这些是诗。但更其是诗，更其容易把情绪引到醉里梦里的，就是白脸族苗女人的歌。听到这歌的男子，把流血成为自然的事，这是历史上相传下来的魔力了。一个熟习苗中掌故的人，他可以告你五十个有名美男子被丑女人的好歌声缠倒的故事，他又可以另外告你五十个美男子被白脸苗女人的歌声唱失魂的故事。若是说了这些故事的人，还有故事不说，那必定是他还忘了把媚金的事情相告。

媚金的事是这样。她是一个白脸苗中顶美的女人，同到凤凰族相貌极美又顶有一切美德的一个男子，因唱歌成了一对。两方面在唱歌中把热情交流了。于是女人就约他夜间往一个洞中相会。男子答应了。这男子名叫豹子。豹子答应了女人夜里到洞中去，因为是初次，他预备牵一匹小山羊去送女人，用白羊换媚金贞女的红血，所做的纵是罪恶，似乎神也许可了。谁知到夜豹子把事情忘了，等了一夜的媚金，因无男子的温暖，就冷死在洞中。豹子在家中睡到天明才记起，赶即去，则女人已死了，豹子就用自己身边的刀自杀在女人身旁。尚有一说则豹子的死，为此后仍然常听到媚金的歌，因寻不到唱歌人，所以自杀。

但是传闻全为人所撰拟，事情并不那样。看看那遗传下来据说是豹子临死前用树枝画在洞里地面沙上最后的一首诗，那意思，却是媚金有怨豹子爽约的语气。媚金是等候豹子不来，以为自己被欺，终于自杀了。豹子是因了那一只羊的缘故，爽了约，到时则媚金已死，所以豹子就从媚金胸上拔出那把刀来，陷到自己胸里去，也倒在洞中。至于羊此后的消息，以及为什么平时极有信用的豹子，却在这约会上成了无信的男子，是应当问那一只羊了。都因为那一只羊，一件喜事变成了一件悲剧，无怪乎白脸族苗人如今有不吃羊肉的理由。

但是问羊又到什么地方去问？每一个情人送他情妇的全是一只小小白山羊，而且为了表示自己的忠诚，与这恋爱的坚固，男人总说这一只羊是当年豹子送媚金姑娘那一只羊的血族。其实说到当年那一只羊，究竟是公山羊或母山羊，谁也还不能够分明。

让我把我所知道的写来吧。我的故事的来源是得自大盗吴柔。吴柔是当年承受豹子与媚金遗下那只羊的后人，他的祖先又是豹子的拳棍师傅，所传下来的事实，可靠的自然较多。后面是那故事。

媚金站在山南，豹子站在山北，从早唱到晚。山就是现在还名为唱歌山的山。当年名字是野菊，因为菊花多，到秋来满山一片黄。如今还是一样黄花满山，名字是因为媚金的事而改了。唱到后来的媚金，承认是输了，是应当把自己交把与豹子了，尽豹子如何处置了，就唱道：

红叶过冈是任那九秋八月的风，
把我成为妇人的只有你。

豹子听到这歌，欢喜得踊跃。他明白他胜利了。他明白这个白脸族中最美丽风流的女人，心归了自己所有，就答道：

白脸族一切全属第一的女人，
请你到黄村的宝石洞里去。
天上大星子能互相望到时，
那时我看见你你也能看见我。

媚金又唱：

我的风，我就照到你的意见行事。
我但愿你的心如太阳光明不欺，
我但愿你的热如太阳把我融化。
莫让人笑凤凰族美男子无信，
你要我做的事自己也莫忘记。

豹子又唱：

放心，我心中的最大的神。
豹子的美丽你眼睛曾为证明。
豹子的信实有一切人作证。
纵天空中到时落的雨是刀，
我也将不避一切来到你身边与你亲嘴。

天是渐渐夜了。野猪山包围在紫雾中如今日黄昏景致一样。天上剩一些起花的红云，送太阳回地下，太阳告别了。到这时打柴人都应归家，看牛羊人应当送牛羊归栏，一天已完了。过着平静日子的人，在生命上翻过一页，也不必问第二页上面所载的是些什么，他们这时应当从山上，或从水边，或从田坝，回到家中吃饭时候了。

豹子打了一声呼哨，与媚金告别，匆匆赶回家，预备吃过饭时找一只新生的小羊到宝石洞里去与媚金相会。媚金也回了家。

回到家中的媚金，吃过了晚饭，换过了内衣，身上擦了香油，脸上擦了宫粉，对了青铜镜把头发挽成个大髻，缠上一匹长一丈六尺的绉绸首帕，一切已停当，就带了一个装满了酒的长颈葫芦，以及一个装满了钱的绣花荷包，一把锋利的小刀，走到宝石洞去了。

宝石洞当年，并不与今天两样。洞中是干燥，铺满了白色细沙，有用石头做成的床同板凳，有烧火地方，有天生凿空的窟窿，可以望星子，所不同，不过是当年的洞供媚金豹子两人做新房，如今变成圣地罢了。时代是过去了。好的风俗是如好的女人一样，都要渐渐老去的。一个不怕伤风，不怕中暑，完完全全天生为少年情人预备的好地方，如今却供奉了菩萨，虽说菩萨就是当年殉爱的两人，但媚金豹子若有灵，都会以为把这地方盘据为不应当当吧。这样好地方，既然是两个情人死去的地方，为了纪念这一对情人，除了把这地方来加以人工，好好布置，专为那些唱歌互相爱悦的少男少女聚会方便外，真没有再适当的用处了。不过我说过，地方的好习惯是消灭了，民族的热情是下降了，女人也慢慢地把爱情移到牛羊金银虚名虚事上来了，爱情的地位显然是已经堕落，美的歌声与美的身体同样被其他物质战胜成为无用的东西了，就是有这样好地方供年轻人许多方便，恐怕媚金同豹子，也见不惯这些假装的热情与虚伪的恋爱，倒不如还是当成圣地，省得来为现代的爱情脏污好！

如今且说媚金到宝石洞的情形。

她是早先来，等候豹子的。她到了洞中，就坐到那大青石做成的床边。这是她行将做新妇的床。石的床，铺满了干麦秆草，又有大草把做成的枕头，干爽的穹形洞顶仿佛是帐子，似乎比起许多床来还合用。她把酒葫芦挂到洞壁钉上，把绣花荷包放到枕边，（这两样东西是她为豹子而预备的），就在黑暗中等候那年轻壮美的情人。洞口微微的光照到外面，她就坐着望到洞口有光处，期待那黑的巨影显现。

她轻轻地唱着一切歌，娱悦到自己。她用歌去称赞山中豹子的武勇与人中豹子的美丽，又用歌形容到自己此时的心情与豹子的心情。她用手揣自己身上各处，又用鼻子闻嗅自己各处，揣到的地方全是丰腴滑腻如油如脂，嗅到的气味全是一种甜香气味。她又把头上的首巾除去，把髻拆松，比黑夜还黑的头发一散就拖地。媚金原是白脸族极美的女人，男子中也只有豹子，才配在这样女人身上做一切撒野的事。

这女人，全身发育到成圆形，各处的线全是弧线，整个的身材却又极其苗条相称。有小小的嘴与圆圆的脸，有一个长长的鼻子。有一个尖尖的下巴。还有一对长长的眉毛。样子似乎是这人的母亲，照到荷仙姑捏塑成就的，人间决不应当有这样完全的精致模型。请想想，再过一点钟，两点钟，就应当把所有衣衫脱去，做一个男子的新妇，这样的女人，在这种地方，略为害着羞，容纳了一个莽撞男子的热与力，是怎样动人的事！

生长于二十世纪，一九二八年，在中国上海地方，善于在朋友中刺探消息，各处造谣，天生一张好嘴，得人怜爱的文学家，聪明伶俐为世所惊服，但请他来想想媚金是如何美丽的一个女人，仍然是很难的一件事。

白脸族苗女人的秀气清气，是随到媚金减了多日了。这事是谁也能相信的。如今所见到的女人，只不过是下品中的下品，还足使无数男子倾心，使有身分的汉人低头，媚金的美貌也就可以仿佛得知了。

爱情的字眼，是已经早被无数肮脏的虚伪的情欲所玷污，再不能还到另一时代的纯洁了。为了说明当时媚金的心情，我们是不愿再引用时行的话语来装饰，除了说媚金心跳着在等候那男子来压她以外，她并不如一般天才所想象的叹气或独白！

她只望豹子快来，明知是豹子要咬人她也愿意被吃被咬。

那一只人中豹子呢？

豹子家中无羊，到一个老地保家买羊去了。他拿了四吊青钱，预备买一只白毛的小母山羊，进了地保的门就说要羊。

地保见到豹子来问羊，就明白是有好事了，向豹子说，

"年轻的标致的人，今夜是预备做什么人家的新郎？"

豹子说：

"在伯伯眼中，看得出豹子的新妇所在。"

"是山茶花的女神，才配为豹子屋里人。是大鬼洞的女妖，才配与豹子相爱。人中究竟是谁，我还不明白。"

"伯伯，人人都说凤凰族的豹子相貌堂堂，但是比起新妇来，简直不配为她做垫脚蒲团！"

"年轻人，不要太自谦卑。一个人投降在女人面前时，是看起自己来本就一钱不值的。"

"伯伯说的话正是！我是不能在我那个人面前说到自己的。得罪伯伯，我今夜里就要去做丈夫了。对于我那人，我的心，要怎样来诉说呢？我来此是为伯伯匀一只小羊，拿去献给那给我血的神。"

地保是老年人，是预言家，是相面家，听豹子在喜事上说到血，就一惊。这老年人似乎就有一种预兆在心上明白了，他说：

"年轻人，你神气不对。"

"伯伯呵！今夜你的儿子是自然应当与往日两样的。"

"你把脸到灯下来我看。"

豹子就如这老年人的命令，把脸对那大青油灯。地保看过后，把头点点，不做声。

豹子说：

"明于见事的伯伯，可不可以告我这事的吉凶？"

"年轻人，知识只是老年人的一种消遣，于你们是无用的东西！你要羊，到栏里去拣选，中意的就拿去吧。不要给我钱。不要致谢。我愿意在明天见到你同你新妇的……"

地保不说了，就引导豹子到屋后羊栏里去。豹子在羊群中找取所要的羔羊，地保为掌灯相照。羊栏中，羊数近五十，小羊占一半，但看去看来却无一只小羊中豹子的意。毛色纯白又嫌稍大，较小的又多脏污。大的羊不适用那是自然的事，毛色不纯的羊又似乎不配送给媚金。

"随随便便吧，年轻人，你自己选。"

"选过了。"

"羊是完全不合用么？"

"伯伯，我不愿意用一只驳杂毛色的羊与我那新妇洁白贞操相比。"

"不过我愿意你随随便便选一只，赶即去看你那新妇。"

"我不能空手，也不能用伯伯这里的羊，还是要到别处去找！"

"我是愿意你随便点。"

"道谢伯伯，今天是豹子第一次与女人取信的事，我不好把一只平常的羊充数。"

"但是我劝你不要羊也成。使新妇久候不是好事。新妇所要的并不是羊。"

"我不能照伯伯的忠告行事，因为我答应了我的新妇。"

豹子谢了地保，到别一人家去看羊。送出大门的地保，望到这转瞬即消失在黑暗中的豹子，叹了一口气，大数所在这预言者也无可奈何，只有关门在家等消息了。他走了五家，全无合意的羊，不是太大就是毛色不纯。好的羊在这地方原是如好的女人一样，使豹子中意全是偶然的事！

当豹子出了第五家养羊人家的大门时，星子已满天，是夜静时候了。他想，第一次答应了女人做的事，就做不到，此后尚能取信于女人么？空手地走去，去与女人说羊是找遍了全个村子还无中意的羊，所以空手来，这谎话不是显然了么？他于是下了决心，非找遍全村不可。

凡是他所知道的地方他都去拍门，把门拍开时就低声柔气说出要羊的话。豹子是用着他的壮丽在平时就使全村人皆认识了的，听到说要羊，送女人，所以人人无有不答应。像地保那样热心耐烦地引他到羊栏去看羊，是村中人的事。羊全看过了，很可怪的事是无一只合式的小羊。

在洞中等候的媚金着急情形，不是豹子所忘记的事。见了星子就要来的临行嘱托，也还在豹子耳边停顿。但是，答应了女人为抱一只小羔羊来，如今是羊还不曾得到，所以豹子这时着急的，倒只是这羊的寻找，把时间忘了。

想在本村里找寻一只净白小羊是办不到的事，若是一定要，那就只有到离此三里远近的另一个村里询问了。他看看天空，以为时间尚早。豹子为了守信，就决心一气跑到另一村里去买羊。

到别一村去道路在豹子走来是极其熟习的，离了自己的村庄，不到半里，大路上，他听到路旁草里有羊叫的声音。声音极低极弱，这汉子一听就明白这是小羊的声音。他停了。又详细地侧耳探听，那羊又低低地叫了一声。他明白是有一只羊掉在路旁深坑里了，羊是独自留在坑中有了一天，失了娘，念着家，故在黑暗中叫着哭着。

豹子藉到星光拨开了野草，见到了一个地口。羊听到草动，就又叫，那柔弱的声音从地口出来。豹子欢喜极了。豹子知道近来天气晴明，坑中无水，就溜下去。坑只齐豹子的腰，坑底的土已干硬了，豹子下到坑中以后稍过一阵，就见到那羊了。羊知道来了人便叫得更可怜，也不走拢到豹子身边来，原来羊是初生不到十天的小羔，看羊人不小心，把羊群赶走，尽它掉下了坑，把前面一只脚跌断了。

豹子见羊已受了伤，就把羊抱起，爬出坑来，以为这羊无论如何是用得着了，就走向媚金约会的宝石洞路上去。在路上，羊却仍然低低地喊叫。豹子悟出羊的痛苦来了，心想只有抱它到地保家去，请地保为敷上一点药，再带去。他就又反向地保家走去。

到了地保家，拍门时，正因为豹子事无从安睡的老人，还以为是豹子的凶信来了。老人隔门问是谁。

"伯伯，是你的侄儿。羊是得到了，因为可怜的小东西受了伤，跌坏了脚，所以到伯伯处求治。"

"年轻人，你还不去你新妇那里吗？这时已半夜了，快把羊放到这里，不要再耽搁一分一秒吧。"

"伯伯，这一只羊我断定是我那新妇所欢喜的。我还不能看清楚它的毛色，但我抱了这东西时，就猜得这是一只纯白的羊！它的温柔与我的新妇一样，它的……"

那地保真急了，见到这汉子对于无意中拾来一只受伤的羊，像对这羊在做诗，就把门闩抽去砰的把门打开。一线灯光照到豹子怀中的小羊身上，豹子看出了小羊的毛色。

羊的一身白得像大理的积雪。豹子忙把羊抱起来亲嘴。

"年轻人，你这是做什么？你忘记了你是应当在今夜做新郎了。"

"伯伯，我并不忘记！我的羊是天赐的。我请你赶紧为设法把脚搽一点药水，我就应当抱它去见我的新人了。"

地保只摇头，把羊接过手来在灯下检视，这小羊见了灯光再也不喊了，只闭了眼睛，鼻孔里咻咻地出气。

过了不久豹子已在向宝石洞的一条路上走着了。小羊在他怀中得了安眠。豹子满心希望到宝石洞时见到了媚金，同到媚金说到天赐这羊的事。他把脚步放宽，一点不停，一直上了山，过了无数高崖，过了无数水洞，走到宝石洞。

到得洞外时东方的天已经快明了。这时天上满是星，星光照到洞门，内中冷冷清清不见人。他轻轻地喊：

"媚金，媚金，媚金！"

他再走进一点，则一股气味从洞中奔出，全无回声，多经验的豹子一嗅便知道这是血腥气。豹子愕然了。稍稍发痴，即刻把那小羊向地下一掼，奔进洞中去。

到了洞中以后，向床边走去，为时稍久，豹子就从天空星子的微光返照下望到媚金倒在床上的情形了。血腥气也就从那边而来。豹子扑拢去，摸到媚金的额，摸到脸，摸到口；口鼻只剩了微热。

"媚金！媚金！"

喊了两声以后，媚金微微地嗳的应了一声。

"你做什么了呢？"

先是听嘘嘘的放气，这气似乎并不是从口鼻出，又似乎只是在肚中响，到后媚金转动了，想爬起不能，就幽幽地继续地说道：

"喊我的是日里唱歌的人不？"

"是的，我的人！他日里常常是忧郁地唱歌，夜里则常是孤独地睡觉；他今天这时却是预备来做新郎的……为什么你是这个样子了呢？"

"为什么？"

"是！是谁害了你？"

"是那不守信实的凤凰族年轻男子，他说了谎。一个美丽的完人，总应当有一些缺点，所以菩萨就给他一点说谎的本能。我不愿在说谎人前面受欺，如今我是完了。"

"并不是！你错了！全因为凤凰族男子不愿意第一次对一个女人就失信，所以他找了一整夜才无意中把那所答应的羊找到，如今是得了羊倒把人失了。天啊，告我应当在什么事情上面守着那信用！"

临死的媚金听到这语，知道豹子迟来的理由是为了那羊，并不是故意失约了，对于自己在失望中把刀陷进胸膛里的事是觉得做错了。她就要豹子扶她起来，把头靠到豹子的胸前，让豹子的嘴放到她额上。

女人说：

"我是要死了。……我因为等你不来，看看天已快亮，心想自己是被欺了，……所以把刀放进胸膛里了。……你要我的血我如今是给你血了。我不恨你。……你为我把刀拔去，让我死。……你也乘天未大明就逃到别处去，因为你并无罪。"

豹子听着女人断断续续地说到死因，流着泪，不做声。他想了一阵，轻轻地去摸媚金的胸，摸着了全染了血的媚金的奶，奶与奶之间则一把刀柄浴着血。豹子心中发冷，打了一个战。

女人说：

"豹子，为什么不照到我的话行事呢？你说是一切为我所有，那么就听我命令，把刀拔去了，省得我受苦。"

豹子还是不做声。

女人过了一阵，又说：

"豹子，我明白你了，你不要难过。你把你得来的羊拿来我看。"

豹子就好好把媚金放下，到洞外去捉那只羊。可怜的羊是无意中被豹子掼得半死，也卧在地下喘气了。

豹子望一望天，天是完全发白了。远远的有鸡在叫了。他听到远处的水车响声，像平常做梦日子。

他把羊抱进洞去给媚金，放到媚金的胸前。

"豹子，扶我起来，让我同你拿来的羊亲嘴。"

豹子把她抱起，又把她的手代为抬起，放到羊身上。"可怜这只羊也受伤了，你带它去了吧。……为我把刀拔了，我的人。不要哭。……我知道你是爱我，我并不怨恨。你带羊逃到别处去好了。……呆子，你预备做什么？"

豹子是把自己的胸也坦出来了，他去拔刀。陷进去很深的刀是用了大的力才拔出的。刀一拔出血就涌出来了，豹子全身浴着血。豹子把全是血的刀子扎进自己的胸脯，媚金还能见到就含着笑死了。

天亮了，天亮了以后，地保带了人寻到宝石洞，见到的是两具死尸，与那曾经自己手为敷过药此时业已半死的羊，以及似乎是豹子临死以前用树枝在沙上写着的一首歌。地保于是乎把歌读熟，把羊抱回。

白脸苗的女人，如今是再无这种热情的种子了。她们也仍然是能原谅男子，也仍然常常为男子牺牲，也仍然能用口唱出动人灵魂的歌，但都不能做媚金的行为了！

月下小景

　　初八的月亮圆了一半，很早就悬到天空中。傍了××省边境由南而来的横断山脉长岭脚下，有一些为人类所疏忽历史所遗忘的残余种族聚集的山砦。他们用另一种言语，用另一种习惯，用另一种梦，生活到这个世界一隅，已经有了许多年。当这松杉挺茂嘉树四合的山砦，以及砦前大地平原，整个为黄昏占领了以后，从山头那个青石碉堡向下望去，月光淡淡地洒满了各处，如一首富于光色和谐雅丽的诗歌。山砦中，树林角上，平田的一隅，各处有新收的稻草积，以及白木做成的谷仓。各处有火光，飘扬着快乐的火焰，且隐隐地听得着人语声，望得着火光附近有人影走动。官道上有马项铃清亮细碎的声音，有牛项下铜铎沉静庄严的声音。从田中回去的种田人，从乡场上回家的小商人，家中莫不有一个温和的脸儿，等候在大门外，厨房中莫不预备有热腾腾的饭菜，与用瓦罐炖热的家酿烧酒。

薄暮的空气极其温柔，微风摇荡，大气中有稻草香味，有烂熟了山果香味，有甲虫类气味，有泥土气味。一切在成熟，在开始结束一个夏天阳光雨露所及长养生成的一切。一切光景具有一种节日的欢乐情调。

柔软的白白月光，给位置在山岨上石头碉堡，画出一个明明朗朗的轮廓，碉堡影子横卧在斜坡间，如同一个巨人的影子。碉堡缺口处，迎月光的一面，倚着本乡寨主独生儿子傩佑；傩神所保佑的儿子，身体靠定石墙，眺望那半规新月，微笑着思索人生苦乐。

"……人实在值得活下去，因为一切那么有意思，人与人的战争，心与心的战争，到结果皆那么有意思，无怪乎本族人有英雄追赶日月的故事。因为日月若可以请求，要它停顿在那儿时，它便停顿，那就更有意思了。"

这故事是这样的：第一个××人，用了他武力同智慧得到人世一切幸福时，他还觉得不足，贪婪的心同天赋的力，使他勇往直前去追赶日头，找寻月亮，想征服主管这些东西的神，勒迫它们在有爱情和幸福的人方面，把日子去得慢一点，在失去了爱心子为忧愁失望所啮蚀的人方面，把日子又去得快一点。结果这贪婪的人虽追上了日头，却被日头的热所烤炙，在西方大泽中就渴死了。至于日月呢，虽知道了这是人类的欲望，却只是万物中之一的欲望，故不理会。因为神是正直的，不阿其所私的，人在世界上并不是唯一的主人，日月不单为人类而有。日头为了给一切生物的热和力，月亮为了给一切虫类唱歌，用这种歌声与银白光色安息劳碌的大地。日月虽仍然若无其事地照耀着整个世界，看着人类的忧乐，看着美丽的变成丑恶，又看着丑恶的称为美丽，但人类太进步了一点，比一切生物智慧较高，也比一切生物更不道德。既不能用严寒酷热来困苦人类，又不能不将日月照及人类，故同另一主宰人类心之创造的神，想出了一个办法，就是使此后快乐的人越觉得日子太短，使此后忧愁的人越觉得日子过长，人类既然凭感觉来生活，就在感觉上加给人类一种处罚。

这故事有作为月神与恶魔商量结果的传说，就因为恶魔是在夜间出世的。人皆相信这是月亮做成的事，与日头毫无关系。凡一切人讨论光阴去得太快，或太慢时，却常常那么诅咒："日子，滚你的去吧。"痛恨日头而不憎恶月亮，土人的解释，则为人类性格中，慢慢地已经神性渐少，恶性渐多。另外就是月光较温柔，和平，给人以智慧的冷静的光，却不给人以坦白直率的热，因此普遍生物皆欢喜月光，人类中却常常诅咒日头。约会恋人的，走夜路的，做夜工的，皆觉得月光比日光较好。在人类中讨厌月光的只是盗贼，本地方土人中却无盗贼，也缺少这个名词。

这时节，这一个年纪还刚只满二十一岁的砦主独生子，由于本身的健康，以及从另一方面所获得的幸福，对头上的月光正满意地会心微笑，似乎月光也正对了他微笑。傍近他身边，有一堆白色东西。这是一个女孩子，把她那长发散乱的美丽头颅，靠在这年轻人的大腿上，把它当作枕头安静无声地睡着。女孩子一张小小的尖尖的白脸，似乎被月光漂过的大理石，又似乎月光本身。一头黑发，如同用冬天的黑夜作为材料，由盘据在山洞中的女妖亲手纺成的细纱。眼睛，鼻子，耳朵，同那一张产生幸福的泉源的小口，以及颊边微妙圆形的小涡，如本地人所说的接吻之巢窝，无一处不见得是神所着意成就的工作。一微笑，一眨眼，一转侧，都有一种神性存乎其间。神同魔鬼合作创造了这样一个女人，也得用侍候神同对付魔鬼的两种方法来侍候她，才不委屈这个生物。

女人正安安静静地躺在他的身边，一堆白色衣裙遮盖到那个修长丰满柔软溢香的身体，这身体在年轻人记忆中，只仿佛是用白玉，奶酥，果子同香花，调和削筑成就的东西。两人白日里来此，女孩子在日光下唱歌，在黄昏里与落日一同休息，现在又快要同新月一样苏醒了。

一派清光洒在两人身上，温柔地抚摩着睡眠者全身。山坡下是一部草虫清音繁复的合奏。天上那半规新月，似乎在空中停顿着，长久还不移动。

幸福使这个孩子轻轻地叹息了。

他把头低下去，轻轻地吻了一下那用黑夜搓成的头发，接近那魔鬼手段所成就的东西。

远处有吹芦管的声音。有唱歌声音。身近旁有班背萤，带了小小火把，沿了碉堡巡行，如同引导得有小仙人来参观这古堡的神气。

当地年轻人中唱歌圣手的傩佑，唯恐惊了女人，惊了萤火，轻轻地轻轻地唱：

龙应当藏在云里，

你应当藏在心里。

…………

女孩子在迷糊梦里，把头略略转动了一下，在梦里回答着：

我灵魂如一面旗帜，

你好听歌声如温柔的风。

他以为女孩子已醒了，但听下去，女人把头偏向月光又睡去了。于
是又接着轻轻地唱道：

人人说我歌声有毒，

一首歌也不过如一升酒使人沉醉一天，

你那傅了蜂蜜的言语，

一个字也可以在我心上甜香一年。

女孩子仍然闭了眼睛在梦中答着：

不要冬天的风，不要海上的风，

这旗帜受不住狂暴大风。

请轻轻地吹，轻轻地吹；

（吹春天的风，温柔的风，）

把花吹开，不要把花吹落。

小砦主明白了自己的歌声可作为女孩子灵魂安宁的摇篮，故又接着轻轻地唱道：

有翅膀鸟虽然可以飞上天空，
没有翅膀的我却可以飞入你的心里。
我不必问什么地方是天堂，
我业已坐在天堂门边。

女孩又唱：

身体要用极强健的臂膀搂抱，
灵魂要用极温柔的歌声搂抱。

砦主的独生子傩佑，想了一想，在脑中搜索话语，如同宝石商人在口袋中搜索宝石。口袋中充满了放光炫目的珠玉奇宝，却因为数量太多了一点，反而选不出那自以为极好的一粒，因此似乎受了一点儿窘。他觉得神祇创造美和爱，却由人来创造赞誉这神工的言语。向美说句话，为爱下一个注解，要适当合宜，不走失感觉所及的式样，不是一个平常人的能力所能企及。

"这女孩子值得用龙朱的爱情装饰她的身体，用龙朱的诗歌装饰她的人格。"他想到这里时，觉得有点惭愧了，口吃了，不敢再唱下去了。

歌声作了女孩子睡眠的摇篮，所以这女孩子才在半醒后重复入梦。歌声停止后，她也就惊醒了。

他见到女孩子醒来时，就装作自己还在睡眠，闭了眼睛。女孩从日头落下时睡到现在，精神已完全恢复过来，看男子还依靠石墙睡着，担心石头太冷，把白披肩搭到男子身上去后，傍了男子靠着。记起睡时满天的红霞，望到头上的新月，便轻轻地唱着，如母亲唱给小宝宝听催眠歌。

睡时用明霞作被，

醒来用月儿点灯。

砦主独生子咘的笑了。

"……"

"……"

四只放光的眼睛互相瞅定，各安置一个微笑在嘴角上，微笑里却写着白日中两个人的一切行为，两人似乎皆略略为先前一时那点回忆所羞了，就各自向身旁那一个紧紧地挤了一下，重新空换了一个微笑，两人发现了对方脸上的月光那么苍白，于是齐向天上所悬的半规新月望去。

远远的有一派角声与锣鼓声，为田户巫师禳土酬神所在处，两人追寻这快乐声音的方向，于是向山下远处望去。远处有一条河。

"没有船舶不能过那条河，没有爱情如何过这一生？"

"我不会在那条小河里沉溺，我只会在你这小口上沉溺。"

两人意思仍然写在一种微笑里，用的是那么暧昧神秘的符号，却使对面一个从这微笑里明明白白，毫不含胡。远处那条长河，在月光下蜿蜒如一条带子，白白的水光，薄薄的雾，增加了两人心上的温暖。

女孩子说到她梦里所听的歌声，以及自己所唱的歌，还以为他们两人皆在梦里。经小砦主把刚才的情形说明白时，两人笑了许久。

女孩子天真如春风，快乐如小猫，长长的睡眠把白日的疲倦完全恢复过来，因此在月光下，显得如一尾鱼在急流清溪里。

只想说话，全是说那些远无边际的，与梦无异的，年轻情人在狂热中所能说的胡涂话蠢话皆完全说到了。

小砦主说：

"不要说话，让我好在所有的言语里，找寻赞美你眉毛头发美丽处的言语！"

"说话呢，是不是就妨碍了你的谄谀？一个有天分的人，就是谄谀也显得不缺少天分！"

"神是不说话的，你不说话时像……"

"还是做人好！你的歌中也提到做人的好处！我们来活活泼泼地做人，这才有意思！"

"我以为你不说话就像何仙姑的亲姊妹了。我希望你比你那两个姐姐还稍呆笨一点。因为得呆笨一点，我的言语字汇里，才有可以形容你高贵处的文字。"

"可是，你曾同我说过，你也希望你那只猎狗敏捷一点。"

"我希望它灵活敏捷一点，为的是在山上找寻你比较方便，为我带信给你时也比较妥当一点。"

"希望我笨一点，是不是也如同你希望羚羊稍笨一样，好让你嗾使那只猎狗咬我时，不至于使我逃脱？"

"好的音乐常常是复音，你不妨再说一句。"

"我记得到你也希望羚羊稍笨过。"

"羚羊稍笨一点，我的猎狗才可以赶上它，把它捉回来送你。你稍笨一点，我才有相当的话颂扬你！"

"你口中体面话够多了，你说说你那些感觉给我听听，说谎若比真实更美丽，我愿意听你那些美丽的谎话。"

"你占领我心上的空间，如同黑夜占领地而一样。"

"月亮起来时，黑暗不是就只占领地面空间很小很小一部分了吗？"

"月亮照不到人心上的。"

"那我给你的应当也是黑暗了。"

"你给我的是光明，但是一种炫目的光明，如日头似的逼人熠耀。你使我糊涂。你使我卑陋。"

"其实你是透明的，从你选择诹诼时，证明你的心现在还是透明的。"

"清水里不能养鱼，透明的心也一定不能积存辞藻。"

"江中的水永远流不完，心中的话永远说不完：不要说了。一张口不完全是说话用的！"

两人为嘴唇找寻了另外一种用处，沉默了一会。两颗心同一地跳跃，望着做梦一般月下的长岭，大河，砦堡，田坪。芦管声音似乎为月光所湿，音调更低郁沉重了一点。砦中的角楼，第二次擂了转更鼓，女孩子听到时，忽然记起了一件事。把小砦主那颗年轻聪慧的头颅捧到手上，眼眉口鼻吻了好些次数，向小砦主摇摇头，无可奈何低低地叹了一声气，把两只手举起，跪在小砦主面前来梳理头上散乱了的发辫，意思想站起来，预备要走了。

小砦主明白那意思了，就抱了女孩子，不许她站起身来。

"多少萤火虫还知道打了小小火炬游玩，你忙些什么？走到什么地方去！"

"一颗流星自有它来去的方向，我有我的去处。"

"宝贝应当收藏在宝库里，你应当收藏在爱你的那个人家里。"

"美的都用不着家：流星，落花，萤火，最会鸣叫的蓝头红嘴绿翅膀的王母鸟，也都没有家的。谁见过人蓄养凤凰呢？谁能束缚着月光呢？"

"狮子应当有它的配偶，把你安顿到我家中去，神也十分同意！"

"神同意的人常常不同意。"

"我爸爸会答应我这件事，因为他爱我。"

"因为我爸爸也爱我，若知道了这件事，会把我照××人规矩来处置。若我被绳子缚了沉到地眼里去时，那地方接连四十八根箩筐绳子还不能到底，死了做鬼也找不出路来看你，活着做梦也不能辨别方向。"

女孩子是不会说谎的，××族人的习气，女人同第一个男子恋爱，却只许同第二个男子结婚。若违反了这种规矩，常常把女子用石磨捆到背上，或者沉入潭里，或者抛到地窟窿里。习俗的来源极古，过去一个时节，应当同别的种族一样，有认处女为一种有邪气的东西。地方酋长既较开明，巫师又因为多在节欲生活中生活，故执行初夜权的义务，就转为第一个男子的恋爱，第一个男子因此可以得到女人的贞洁，就不能够永远得到她的爱情。若第一个男子娶了这女人，似乎对于男子也十分不幸。迷信在历史中渐次失去了本来的意义，习俗保持了古代规矩下来，由于××守法的天性，故年轻男女在第一个恋人身上，也从不做那长远的梦。"好花不能长在，明月不能长圆，星子也不能永远放光"，××人歌唱恋爱，因此也多忧郁感伤气氛。常常有人在分手时感到"芝兰不易再开，欢乐不易再来"，两人悄悄逃走的。也有两人携了手沉默无语地一同跳到那些在地面张着大嘴，死去了万年的火山孔穴里去的。再不然，冒险地结了婚，到后被查出来时，就应当把女的向地狱里抛去那个办法了。

当地女孩子因为这方面的习俗无法除去，故一到成年家庭即不大加以拘束，外乡人来到本地若喜悦了什么女子，使女子献身总十分容易。女孩子明理懂事一点的，一到了成年时，总把自己最初的贞操，稍加选择就付给了一个人，到后来再同第二个钟情的男子结婚。男子中明理懂事的，业已爱上某个女子，若知道她还是处女，也将尽这女子先去找寻一个尽义务的爱人，再来同女子结婚。

但这些魔鬼习俗不是神所同意的。年轻男女所做的事，常常与自然的神意合一，容易违反风俗习惯。女孩子总愿意把自己整个交付给一个所倾心的男孩子，男子到爱了某个女孩时，也总愿意把整个的自己换回整个的女子。风俗习惯下虽附加了一种严酷的法律，在这法律下牺牲的仍常常有人。

女孩子遇到了这乡长独生子，自从春天山坡上黄色棣棠花开放时，即被这男子温柔缠绵的歌声与超人壮丽华美的四肢所征服，一直延长到秋天，还极其纯洁地在一种节制的友谊中恋爱着。为了狂热的爱，且在这种有节制的爱情中，两人皆似乎不需要结婚，两人中谁也不想到照习惯先把贞操给一个人蹂躏后再来结婚。

但到了秋天，一切皆在成熟，悬在树上的果子落了地，谷米上了仓，秋鸡伏了卵，大自然为点缀了这大地一年来的忙碌，还在天空中涂抹华丽的色泽，使溪涧澄清，空气温暖而香甜，且装饰了遍地的黄花，以及在草木枝叶间傅上与云霞同样的眩目颜色。一切皆布置妥当以后，便应轮到人的事情了。

秋成熟了一切，也成熟了两个年轻人的爱情。

两人同往常任何天相似，在约定的中午以后，在这古碉堡上见面了。两人共同采了无数野花铺到所坐的大青石板上，并肩地坐在那里，山坡上开遍了各样草花，各处是小小蝴蝶，似乎对每一朵花皆悄悄嘱咐了一句话。向山坡下望去，入目远近皆异常恬静美丽。长岭上有割草人的歌声，村砦中有为新生小犊作栅栏的斧斤声，平田中有拾穗打禾人快乐的吵骂声。天空中白云缓缓地移，从从容容地动，透蓝的天底，一阵候鸟在高空排成一线飞过去了，接着又是一阵。

两个年轻人用山果山泉充了口腹的饥渴，用言语微笑喂着灵魂的饥渴。对目光所及的一切唱了上千首的歌，说了上万句的话。

日头向西掷去，两人对于生命感觉到一点点说不分明的缺处。黄昏将近以前，山坡下小牛的鸣声，使两人的心皆发了抖。

神的意思不能同习惯相合，在这时节已不许可人再为任何魔鬼作成的习俗加以行为的限制。理智即或是聪明的，理智也毫无用处。两人皆在忘我行为中，失去了一切节制约束行为的能力，各在新的形式下，得到了对方的力，得到了对方的爱，得到了把另一个灵魂互相交换移入自己心中深处的满足。到后来，于是两个人皆在战栗中昏迷了，喑哑了，沉默了，幸福把两个年轻人在同一行为上皆弄得十分疲倦，终于两人皆睡去了。

男子醒来稍早一点，在回忆幸福里浮沉，却忘了打算未来。女孩子则因为自身是女子，本能地不会忘却当地人对于女子违反这习俗的赏罚，故醒来时，也并未打算到这砦主的独生子会要她同回家去，两人的年龄还皆只适宜于生活在夏娃亚当所住的乐园里，不应当到这"必须思索明天"的世界中安顿。

但两人业已到了向所生长的一个地方一个种族的习俗负责时节了。

"爱难道是同世界离开的事吗？新的思索使小砦主在月下沉默如石头。

女孩子见男子不说话了，知道这件事正在苦恼到他，就装成快乐的声音，轻轻地喊他，恳切地求他，在应当快乐时放快乐一点。

××人唱歌的圣手，

请你用歌声把天上那一片白云拨开。

月亮到应落时就让它落去，

现在还得悬在我们头上。

天上的确有片薄云把月亮拦住了，一切皆朦胧了。两人的心皆比先前黯淡了一些。砦主独生子说：

我不要日头，可不能没有你。

我不愿作帝称王，却愿为你作奴当差。

女孩子说：

"这世界只许结婚不许恋爱。"

"应当还有一个世界让我们去生存，我们远远地走，向日头出处远远地走。"

"你不要牛，不要马，不要果园，不要田土，不要狐皮袄子同虎皮坐褥吗？"

"有了你我什么也不要了，你是一切；是光，是热，是泉水，是果子，是宇宙的万有。为了同你接近，我应当同这个世界离开。"

两人就所知道的四方各处想了许久，想不出一个可以容纳两人的地方。南方有汉人的大国，汉人见了他们就当生番杀戮，他不敢向南方走。向西是通过长岭无尽的荒山，虎豹所据的地面，他不敢向西方走。向北是本族人的地面，每一个村落皆保持同一魔鬼所颁的法律，对逃亡人可以随意处置。只有东边是日月所出的地方，日头既那么公正无私，照理说来日头所在处也一定和平正直了。

但一个故事在小砦主的记忆中活起来了，日头曾炙死了第一个××人，自从有这故事以后，××人谁也不敢向东追求习惯以外的生活。××人有一首历史极久的歌，那首歌把求生的人所不可少的欲望，真的生命意义却结束在死亡里，都以为若贪婪这"生"只有"死"才能得到。战胜命运只有死亡，克服一切惟死亡可以办到。最公平的世界不在地面，却在空中与地底：天堂地位有限，地下宽阔无边。地下宽阔公平的理由，在××人看来是可靠的，就因为从不听说死人愿意重生，且从不闻死人充满了地下。××人永生的观念，在每一个人心中皆坚实地存在。孤单的死，或因为恐怖不容易找寻他的爱人，有所疑惑，同时去死皆是很平常的事情。

砦主的独生子想到另外一个世界，快乐地微笑了。

他问女孩子，是不是愿意向那个只能走去不再回来的地方旅行。

女孩子想了一下，把头仰望那个新从云里出现的月亮。

水是各处可流的，

火是各处可烧的，

月亮是各处可照的，

爱情是各处可到的。

说了，就躺到小砦主的怀里，闭了眼睛，等候男子决定了死的接吻。砦主的独生子，把身上所佩的小刀取出，在镶了宝石的空心刀靶上，从那小穴里取出如梧桐子大小的毒药，含放到口里去，让药融化了，就度送了一半到女孩子嘴里去。两人快乐地咽下了那点同命的药，微笑着，睡在业已枯萎了的野花铺就的石床上，等候药力发作。

月儿隐在云里去了。

黄罗寨故事二十一年九月二十二在青岛写成

226

龙 朱

写在"龙朱"一文之前

这一点文章，作在我生日，送与那供给我生命，父亲的妈，与祖父的妈，以及其同族中仅存的人一点薄礼。

血管里流着你们民族健康的血液的我，二十七年的生命，有一半为都市生活所吞噬，中着在道德下所变成虚伪庸懦的大毒，所有值得称为高贵的性格，如像那热情、与勇敢、与诚实，早已完全消失殆尽，再也不配说是出自你们一族了。

你们给我的诚实，勇敢，热情，血质的遗传，到如今，向前证实的特性机能已荡然无余，生的光荣早随你们已死去了。皮面的生活常使我感到悲怆，内在的生活又使我感到消沉。我不能信仰一切，也缺少自信的勇气。

我只有一天忧郁一天下来。忧郁占了我过去生活的全部，未来也仍然如骨附肉。你死去了百年另一时代的白耳族王子，你的光荣时代，你的混合血泪的生涯，所能唤起这被现代社会蹂躏过的男子的心，真是怎样微弱的反应！想起了你们，描写到你们，情感近于被阉割的无用人，所有的仍然还是那忧郁！

第一　说这个人

白耳族苗人中出美男子，仿佛是那地方的父母全曾参预过雕塑阿波罗神的工作，因此把美的模型留给儿子了。族长儿子龙朱年十七岁，为美男子中之美男子。这个人，美丽强壮像狮子，温和谦驯如小羊。是人中模型。是权威。是力。是光。种种比譬全是为了他的美。其他的德行则与美一样，得天比平常人都多。

提到龙朱相貌时，就使人生一种卑视自己的心情。平时在各样事业得失上全引不出妒忌的神巫，因为有次望到龙朱的鼻子，也立时变成小气，甚至于想用钢刀去刺破龙朱的鼻子。这样与天作难的倔强野心却生之于神巫，到后又却因为这美，仍然把这神巫克服了。

白耳族，以及乌婆、猓猓、花帕、长脚各族，人人都说龙朱相貌长得好看，如日头光明，如花新鲜。正因为说这样话的人太多，无量的阿谀，反而烦恼了龙朱了。好的风仪用处不是得阿谀（龙朱的地位，已就应当得到各样人的尊敬歆羡了）。既不能在女人中煽动勇敢的悲欢，好的风仪全成为无意思之事。龙朱走到水边去，照过了自己，相信自己的好处，又时时用铜镜观察自己，觉得并不为人过誉。然而结果如何呢？因为龙朱不像是应当在每个女子理想中的丈夫那么平常，因此反而与妇女们离远了。

女人不敢把龙朱当成目标，做那荒唐艳丽的梦，并不是女人的错。在任何民族中，女子们，不能把神做对象，来热烈恋爱，来流泪流血，不是自然的事么？任何种族的妇人，原永远是一种胆小知分的兽类，要情人，也知道要什么样情人为合乎身份。纵其中并不乏勇敢不知事故的女子，也自然能从她的不合理希望上得到一种好教训。相貌堂堂是女子倾心的原由，但一个过分美观的身材，却只作成了与女子相远的方便。谁不承认狮子是孤独？狮子永远是孤独，就只为了狮子全身的纹彩与众不同。

龙朱因为美，有那与美同来的骄傲不？凡是到过青石冈的苗人，全都能赌咒作证，否认这个事。人人总说总爷的儿子，从不用地位虐待过人畜，也从不闻对长年老辈妇人女子失过敬礼。在称赞龙朱的人口中，总还不忘同时提到龙朱的相貌。全砦中，年轻汉子们，有与老年人争吵事情时，老人词穷，就必定说，我老了，你青年人，干吗不学龙朱谦恭对待长辈？这青年汉子，若还有羞耻心存在，必立时遁去，不说话，或立即认错，作揖赔礼。一个妇人与人谈到自己儿子，总常说，儿子若能像龙朱，那就卖自己与江西布客，让儿子得钱花用，也愿意。所有未出嫁的女人，都想自己将来有个丈夫能与龙朱一样。所有同丈夫吵嘴的妇人，说到丈夫时，总说你不是龙朱，真不配管我磨我；你若是龙朱，我做牛做马也甘心情愿。

还有，一个女人同她的情人，在山峒里约会，男子不失约，女人第一句赞美的话总是"你真像龙朱"。其实这女人并不曾同龙朱有过交情，也未尝听到谁个女人同龙朱约会过。

一个长得太标致了的人，是这样常常容易为别人把名字放到口上咀嚼！

龙朱在本地方远远近近，得到的尊敬爱重，是如此。然而他是寂寞的。这人是兽中之狮，永远当独行无伴！

在龙朱面前，人人觉得是卑小，把男女之爱全抹杀，因此这族长的儿子，却永无从爱女人了。女人中，属于乌婆族，以出产多情多才貌女子著名地方的女人，也从无一个敢来在龙朱面前，闭上一只眼，荡着她上身，同龙朱挑情。也从无一个女人，敢把她绣成的荷包，掷到龙朱身边来。也从无一个女人敢把自己姓名与龙朱姓名编成一首歌，来到跳年时节唱。然而所有龙朱的亲随，所有龙朱的奴仆，又正因为美，正因为与龙朱接近，如何地在一种沉醉狂欢中享受这些年轻女人小嘴长臂的温柔！

"寂寞的王子，向神请求帮忙吧。"

使龙朱生长得如此壮美，是神的权力，也就是神所能帮助龙朱的唯一事。至于要女人倾心，是人为的事啊！

要自己，或他人，设法使女人来在面前唱歌，狂中裸身于草席上面献上贞洁的身，只要是可能，龙朱不拘牺牲自己所有何物，都愿意。然而不行。任怎样设法，也不行。七梁桥的洞口终于有合拢的一日，有人能说在这高大山洞合拢以前，龙朱能够得到女人的爱，是不可信的事。

不是怕受天责罚，也不是另有所畏，也不是预言者曾有明示，也不是族中法律限止，自自然然，所有女人都将她的爱情，给了一个男子，轮到龙朱却无分了。民族中积习，折磨了天才与英雄，不是在事业上粉骨碎身，便是在爱情中退位落伍，这不是仅仅白耳族王子的寂寞，他一种族中人，总不缺少同样故事！

在寂寞中龙朱是用骑马猎狐以及其他消遣把日子混过了。

日子过了四年，他二十一岁。

四年后的龙朱，没有与以前日子龙朱两样处，若说无论如何可以指出一点不同来，那就是说如今的龙朱，更像一个好情人了。年龄在这个神工打就的身体上，加上了些更表示"力"的东西，应长毛的地方生长了茂盛的毛，应长肉的地方增加了结实的肉。一颗心，则同样因为年龄所补充的，是更其能顽固地预备要爱了。

他越觉得寂寞。

虽说七梁洞并未有合拢，二十一岁的人年纪算轻，来日正长，前途大好，然而什么时候是那补偿填还时候呢？有人能作证，说天所给别的男子的，幸福与苦恼，也将同样给龙朱么？有人敢包，说到另一时，总有女子来爱龙朱么？

白耳族男女结合，在唱歌。大年时，端午时，八月中秋时，以及跳年刺牛大祭时，男女成群唱，成群舞，女人们，各穿了峒锦衣裙，各戴花擦粉，供男子享受。平常时，在好天气下，或早或晚，在山中深洞，在水滨，唱着歌，把男女吸到一块来，即在太阳下或月亮下，成了熟人，做着只有顶熟的人可做的事。在此习惯下，一个男子不能唱歌他是种羞辱，一个女子不能唱歌她不会得到好的丈夫。抓出自己的心，放在爱人的面前，方法不是钱，不是貌，不是门阀也不是假装的一切，只有真实热情的歌。所唱的，不拘是健壮乐观，是忧郁，是怒，是恼，是眼泪，总之还是歌。一个多情的鸟绝不是哑鸟。一个人在爱情上无力勇敢自白，那在一切事业上也全是无希望可言，这样人决不是好人！

那么龙朱必定是缺少这一项，所以不行了。

事实又并不如此。龙朱的歌全为人引作模范的歌，用歌发誓的男子妇人，全采用龙朱誓歌那一个韵。一个情人被对方的歌窘倒时，总说及胜利人拜过龙朱作歌师傅的话。凡是龙朱的声音，别人都知道。凡是龙朱唱的歌，无一个女人敢接声。各样的超凡入圣，把龙朱摒除于爱情之外，歌的太完全太好，也仿佛成为一种吃亏理由了。

有人拜龙朱作歌师傅的话，也是当真的。手下的用人，或其他青年汉子，在求爱时腹中歌词为女人逼尽，或者爱情扼着了他的喉咙，歌不出心中的事时，来请教龙朱，龙朱总不辞。经过龙朱的指点，结果是多数把女子引到家，成了管家妇。或者到山峒中，互相把心愿了销。熟读龙朱的歌的男子，博得美貌善歌的女人倾心，也有过许多人。但是歌师傅永远是歌师傅，直接要龙朱教歌的，总全是男子，并无一个青年女人。

龙朱是狮子，只有说这个人是狮子，可以作我们对于他的寂寞得到一种解释！

年轻女人到什么地方去了呢？懂到唱歌要男人的，都给一些歌战胜，全引诱尽了。凡是女人都明白情欲上的固持是一种痴处，所以女人宁愿意减价卖出，无一个敢屯货在家。如今是只能让日子过去一个办法，因了日子的推迁，希望那新生的犊中也有那不怕狮子的犊在。

龙朱是常常这样自慰着度着每个新的日子的。我们也不要把话说尽，在七梁桥洞口合拢以前，也许龙朱仍然可以遇着与这个高贵的人身分相称的一种机运！

第二 说一件事

中秋大节的月下整夜歌舞，已成了过去的事了。大节的来临，反而更寂寞，也成了过去的事了。如今是九月。打完谷子了。打完桐子了。红薯早挖完全下地窖了。冬鸡已上孵，快要生小鸡了。连日晴明出太阳。天气冷暖宜人。年轻妇人全都负了柴耙同笼上坡耙草。各见坡上都有歌声。各处山峒里，都有情人在用干草铺就并撒有野花的临时床上并排坐或并头睡。这九月是比春天还好的九月。

龙朱在这样时候更多无聊。出去玩，打鸠本来非常相宜，然而一出门，就听到各处歌声，到许多地方又免不了要碰到那成双的人，于是大门也不敢出了。

无所事事的龙朱，每天只在家中磨刀。这预备在冬天来剥豹皮的刀，是宝物，是龙朱的朋友。无聊无赖的龙朱，是正用着那"一日数摸挲剧于十五女"的心情来爱这宝刀的。刀用油在一方小石上磨了多日，光亮到暗中照得见人，锋利到把头发放到刀口，吹一口气发就成两截，然而还是每天把这刀来磨的。

某天，一个比平常日子似乎更像是有意帮助青年男女"野餐"的一天，黄黄的日头照满全村，龙朱仍然磨刀。

在这人脸上有种孤高鄙夷的表情，嘴角的笑纹也变成了一条对生存感到烦厌的线。他时时凝神听察堡外远处女人的尖细歌声，又时时望天空。黄的日头照到他一身，使他身上作春天温暖。天是蓝天，在蓝天作底的景致中，常常有雁鹅排成八字或一字写在那虚空。龙朱望到这些也不笑。

什么事把龙朱变成这样阴郁的人呢？白耳族，乌婆族，猓猓，花帕，长脚，……每一族的年轻女人都应负责，每一对年轻情人都应致歉。妇女们，在爱情选择中遗弃了这样完全人物，是委娜丝[①]神不许可的一件事，是爱的耻辱，是民族灭亡的先兆。女人们对于恋爱不能发狂，不能超越一切利害去追求，不能选她顶欢喜的一个人，不论是白耳族还是乌婆族，总之这民族无用，也很明显了。

龙朱正磨刀，一个矮矮的奴隶走到他身边来，伏在龙朱的脚边，用手攀他主人的脚。

龙朱瞥了一眼，仍然不做声，因为远处又有歌声飞过来了。

奴隶抚着龙朱的脚也不做声。

过了一阵，龙朱发声了，声音像唱歌，在揉和了庄严和爱的调子中挟着一点愤懑，说："矮子你又不听我话，做这个样子！"

"主，我是你的奴仆。"

"难道你不想做朋友吗？"

"我的主，我的神，在你面前我永远卑小。谁人敢在你面前平排？谁人敢说他的尊严在美丽的龙朱面前还有存在必须？谁人不愿意永远为龙朱作奴作婢？谁……"

龙朱用顿足制止了矮奴的奉承，然而矮奴仍然把最后一句"谁个女子敢想爱上龙朱？"恭维得不得体的话说毕，才站起。

矮奴站起了，也仍然如平常人跪下一般高。矮人似乎真适宜于做奴

---

① 委娜丝：今译维纳斯。

隶的。

龙朱说："什么事使你这样可怜？"

"在主面前看出我的可怜，这一天我真值得生存了。"

"你太聪明了。"

"经过主的称赞呆子也成了天才。"

"我问你，到底有什么事？"

"是主人的事，因为主在此事上又可见出神的恩惠。"

"你这个只会唱歌不会说话的人，真要我打你了。"

矮奴到这时，才把话说到身上。这个时候他哭着脸，表示自己的苦恼失望，且学着龙朱生气时顿足的样子。这行为，若在别人猜来，也许以为矮子服了毒，或者肚脐被山蜂所螫，所以做这样子，表明自己痛苦，至于龙朱，则早已明白，猜得出这样的矮子，不出赌输钱或失欢女人两事了。

龙朱不做声，高贵地笑，于是矮子说：

"我的主，我的神，我的事瞒不了你的，在你面前的仆人，是又被一个女子欺侮了。"

"你是一只会唱谄媚曲子的鸟，被欺侮是不会有的事！"

"但是，主，爱情把仆人变蠢了。"

"只有人在爱情中变聪明的事。"

"是的，聪明了，仿佛比其他时节聪明了点，但在一个比自己更聪明的人面前，我看出我自己蠢得像猪。"

"你这土鹦哥平日的本事在什么地方去了？"

"平时哪里有什么本事呢，这只土鹦哥，嘴巴大，身体大，唱的歌全是学来的歌，不中用。"

"把你所学的全唱过，也就很可以打胜仗了。"

"唱过了，还是失败。"

龙朱就皱了一皱眉毛，心想这事怪。

然而一低头，望到矮奴这样矮；便了然于矮奴的失败是在身体，不是在咽喉了，龙朱失笑地说：

"矮东西，莫非是为你相貌把你事情弄坏了？"

"但是她并不曾看清楚我是谁。若说她知道我是在美丽无比的龙朱王子面前的矮奴，那她定为我引到老虎洞做新娘子了。"

"我不信你。一定是土气太重。"

"主，我赌咒。这个女人不是从声音上量得出我身体长短的人。但她在我歌声上，却把我心的长短量出了。"

龙朱还是摇头，因为自己是即或见到矮人在前，至于度量这矮奴心的长短，还不能够的。

"主，请你信我的话。这是一个美人，许多人唱枯了喉咙，还为她所唱败！"

"既然是好女人，你也就应把喉咙唱枯，为她吐血，才是爱。"

"我喉咙是枯了，才到主面前来求救。"

"不行不行，我刚才还听过你恭维了我一阵，一个真真为爱情绊倒了脚的人，他决不会又能爬起来说别的话！"

"主啊，"矮奴摇着他的大的头颅，悲声地说道，"一个死人在主面前，也总有话赞扬主的完全的美，何况奴仆呢。奴仆是已为爱情绊倒了脚，但一同主人接近，仿佛又勇气勃勃了。主给人的勇气比何首乌补药还强十倍。我仍然要去了。让人家战败了我也不说是主的奴仆，不然别人会笑主用着这样的蠢人，丢了白耳族的光荣！"

矮奴就走了。但最后说的几句话，激起了龙朱的愤怒，把矮子叫着，问，到底女人是怎样的女人。

矮奴把女人的脸，身，以及歌声，形容了一次。矮奴的言语，正如他自己所称，是用一枝秃笔与残余颜色，涂在一块破布上的。在女人的歌声上，他就把所有白耳族青石冈地方有名的出产比喻净尽。说到像甜酒，说到像枇杷，说到像三羊溪的鲫鱼，说到像狗肉，仿佛全是可吃的东西。矮奴用口作画的本领并不蹩脚。

在龙朱眼中，是看得出矮奴饿了，在龙朱心中，则所引起的，似乎也同甜酒狗肉引起的欲望相近。他因了好奇，不相信，就为矮奴设法，说同到矮奴一起去看。

正想设法使龙朱快乐的矮奴，见到主人要出去，当然欢喜极了，就着忙催主人快出砦门到山中去。

不到一会这白耳族的王子就到山中了。

藏在一积草后面的龙朱，要矮奴大声唱出去，照他所教的唱。先不闻回声。矮奴又高声唱，在对山，在毛竹林里，却答出歌来了。音调是花帕族中女子的音调。

龙朱把每一个声音都放到心上去，歌只唱三句，就止了。有一句留着待唱歌人解释。龙朱就告给矮奴答复这一句歌。又教矮奴也唱三句出去，等那边解释，歌的意思是：凡是好酒就归那善于唱歌的人喝，凡是好肉也应归善于唱歌的人吃，只是你好的美的女人应当归谁？

女人就答一句，意思是"好的女人只有好男子才配"。她且即刻又唱出三句歌来，就说出什么样男子是好男子的称呼。说好男子时，提到龙朱的名，又提到别的个人的名，那另外两个名字却是历史上的美男子名字，只有龙朱是活人，女人的意思是：你不是龙朱，又不是××××，你与我对歌的人究竟算什么人？

"主，她提到你的名！她骂我！我就唱出你是我的主人，说她只配同主人的奴隶相交。"

龙朱说："不行，不要唱了。"

"她胡说，应当要让她知道是只够得上为主人搓脚的女子！"

然而矮奴见到龙朱不做声，也不敢回唱出去了。龙朱的心是深深沉到刚才几句歌中去了，他料不到有女人敢这样大胆。虽然许多女子骂男人时，都总说，"你不是龙朱"。这事却又当别论了。因为这时谈到的正是谁才配爱她的问题，女人能提出龙朱名字来，女人骄傲也就可知了。龙朱想既然是这样，就让她先知道矮奴是自己的用人，再看情形是如何。

于是矮奴照到龙朱所教的，又唱了四句。歌的意思是：吃酒糟的人何必说自己量大，没有根柢的人也休想同王子要好，若认为掺了水的酒总比酒精还行，那与龙朱的用人恋爱也就可以写意了。

谁知女子答得更妙，她用歌表明她的身份，说，只有乌婆族的女人才同龙朱用人相好，花帕族女人只有外族的王子可以论交，至于花帕苗中的自己，是预备在白耳族与男子唱歌三年，再来同龙朱对歌的。

矮子说："我的主，她尊视了你，却小看了你的仆人，我要解释我这无用的人并不是你的仆人，免得她耻笑！"

龙朱对矮奴微笑，说："为什么你不说应当说'你对山的女子，胆量大就从今天起来同我龙朱主人对歌'呢？你不是先才说到要她知道我在此，好羞辱她吗？"

矮奴听到龙朱说的话，还不很相信得过，以为这只是主人的笑话。他哪里会想到主人因此就会爱上这个狂妄大胆的女人。他以为女人不知对山有龙朱在，唐突了主人，主人纵不生气，自己也应当生气。告女人龙朱在此，则女人虽觉得羞辱了，可是自己的事情也完了。

龙朱见矮奴迟疑，不敢接声，就打一声吆喝，让对山人明白，表示还有接歌的气概，尽女人起头。龙朱的行为使矮奴发急，矮奴说："主，你在这儿我是没有歌了。"

"你照到意思唱，问她胆子既然这样大，就拢来，看看这个如虹如日的龙朱。"

"我当真要她来？"

"当真！要来我看是什么女人，敢轻视我们白耳族说不配同花帕族女子相好！"

矮奴又望了望龙朱，见主人情形并不是在取笑他的用人，就全答应下来了。他们于是等待着女子的歌声。稍稍过了些时间，女子果然又唱起来了。歌的意思是：对山的雀你不必叫了，对山的人你也不必唱了，还是想法子到你龙朱王子的奴仆前学三年歌，再来开口。

矮奴说："主，这话怎么回答？她要我跟龙朱的用人学三年歌，再开口，她还是不相信我是你最亲信的奴仆，还是在骂我白耳族的全体！"

龙朱告矮奴一首非常有力的歌，唱过去，那边好久好久不回。矮奴又提高喉咙唱。回声来了，大骂矮子，说矮奴偷龙朱的歌，不知羞，至于龙朱这个人，却是值得在走过的路上撒花的。矮子烂了脸，不知所答。年轻的龙朱，再也不能忍下去了，小小心心，压着了喉咙，平平地唱了四句。声音的低平仅仅使对山一处可以明白，龙朱是正怕自己的歌使其他男女听到，因此哑喉半天的。龙朱的歌意思就是说："唱歌的高贵女人，你常常提到白耳族一个平凡的名字使我惭愧，因为我在我族中是最无用的人，所以我族中男子在任何地方都有情人，独名字在你口中出入的龙朱却仍然是独身。"

不久，那一边像思索了一阵，也幽幽地唱和起来了，歌的是：你自称为白耳族王子的人我知道你不是，因为这王子有银钟的声音，本来拿所有花帕苗年轻的女子供龙朱作垫还不配，但爱情是超过一切的事情，所以你也不要笑我。所歌的意思，极其委婉谦和，音节又极其整齐，是龙朱从不闻过的好歌。因为对山的女人不相信与她对歌的是龙朱，所以龙朱不由得不放声唱了。

这歌是用白耳族顶精粹的言语，自白耳族顶纯洁的一颗心中摇着，从白耳族一个顶甜蜜的口中喊出，成为白耳族顶热情的音调，这样一来所有一切声音仿佛全哑了。一切鸟声与一切远处歌声，全成了这王子歌时和拍的一种碎声，对山的女人，从此沉默了。

龙朱的歌一出口，矮奴就断定了对山再不会有回答。这时等了一阵，还无回声，矮奴说："主，一个在奴仆当来是劲敌的女人，不在王的第二句歌已压倒了。这女人不久还说到大话，要与白耳族王子对歌，她学三十年还不配！"

矮奴问龙朱意见，许可不许可，就又用他不高明的中音唱道：

你花帕族中说大话的女子，

大话是以后不用再说了，

若你欢喜做白耳族王子仆人的新妇，

他愿意你过来见他的主同你的夫。

仍然不闻有回声。矮奴说，这个女人莫非害羞上吊了。矮奴说的只是笑话，然而龙朱却说出过对山看看的话了。龙朱说后就走，向谷里下去。跟到后面追着，两手拿了一大把野黄菊同山红果的，是想做新郎的矮奴。

矮奴常说，在龙朱王子面前，跛脚的人也能跃过阔涧。这话是真的。如今的矮奴，若不是跟了主人，这身长不过四尺的人，就决不会像腾云驾雾一般地飞！

第三　唱歌过后一天

"狮子我说过你，永远是孤独的！"白耳族为一个无名勇士立碑，曾有过这样句子。

龙朱昨天并没有寻到那唱歌人。到女人所在处的毛竹林中时，不见人。人走去不久，只遗了无数野花。跟到各处追。还是不遇。各处找遍了，见到不少好女子，女人见到龙朱来，识与不识都立起来怯怯的如为龙朱的美所征服。见到的女子，问矮奴是不是那一个人，矮奴总摇头。

到后龙朱又重复回到女人唱歌地方。望到这个野花的龙朱，如同嗅到血腥气的小豹，虽按捺到自己咆哮，仍不免要憎恼矮奴走得太慢。其实则走在前面的是龙朱，矮奴则两只脚像贴了神行符，全不自主，只仿佛像飞。不过女人比鸟儿，这称呼得实在太久了，不怕白耳族王子主仆走得怎样飞快，鸟儿毕竟是先已飞到远处去了！

天气渐渐夜下来，各处有鸡叫，各处有炊烟，龙朱废然归家了。那想做新郎的矮奴，跟在主人的后面，把所有的花丢了，两只长手垂到膝下，还只说见到了她非抱她不可，万料不到自己是拿这女人在主人面前开了多少该死的玩笑。天气当时原是夜下来了。矮奴是跟在龙朱王子的后面，望不到主人的颜色。一个聪明的仆人，即或怎样聪明，总也不会闭了眼睛知道主人的心中事！

龙朱过的烦恼日子以昨夜为最坏。半夜睡不着，起来怀了宝刀，披上一件豹皮褂，走到堡墙上去外望。无所闻，无所见，入目的只是远山上的野烧明灭。各处村庄全睡尽了。大地也睡了。寒月凉露，助人悲思，于是白耳族的王子，仰天叹息，悲叹自己。且远处山下，听到有孩子哭，好像半夜醒来吃奶时情形，龙朱更难自遣。

龙朱想，这时节，各地各处，那洁白如羔羊温和如鸽子的女人，岂不是全都正在新棉絮中做那好梦？那白耳族的青年，在日里唱歌疲倦了的心，做工疲倦了的身体，岂不是在这时也全得到休息了么？只是那扰乱了白耳族王子的心的女人，这时究竟在什么地方呢？她不应当如同其他女人，在新棉絮中做梦。她不应当有睡眠。她应当这时来思索她所歆慕的白耳族王子的歌声。她应当野心扩张，希望我凭空而下。她应当为思我而流泪，如悲悼她情人的死去。……但是，这究竟是什么人的女儿？

烦恼中的龙朱，拔出刀来，向天作誓，说："你大神，你老祖宗，神明在左在右：我龙朱不能得到这女人作妻，我永远不与女人同睡，承宗接祖的事我不负责！若是爱要用血来换时，我愿在神面前立约，砍下一只手也不悔！"

立过誓的龙朱，回到自己的屋中，和衣睡了。睡了不久，就梦到女人缓缓唱歌而来，穿白衣白裙，头发披在身后，模样如救苦救难观世音。女人的神奇，使白耳族王子屈膝，倾身膜拜。但是女人却不理，越去越远了。白耳族王子就赶过去，拉着女人的衣裙，女人回过头就笑。女人一笑龙朱就勇敢了，这王子猛如豹子擒羊，把女人连衣抱起飞向一个最近的山洞中去。龙朱做了男子。龙朱把最武勇的力，最纯洁的血，最神圣的爱，全献给这梦中女子了。

白耳族的大神是能护佑于青年情人的，龙朱所要的，业已由神帮助得到了。

今日里的龙朱，已明白昨天一个好梦所交换的是些什么了，精神反而更充足了一点，坐到那大凳上晒太阳，在太阳下深思人世苦乐的分界。

矮奴走进院中来，仍复来到龙朱脚边伏下，龙朱轻轻用脚一踢，矮奴就乘势一个斤斗，翻然立起。

"我的主，我的神，若不是因为你有时高兴，用你尊贵的脚踢我，奴仆的斤斗决不至于如此纯熟！"

"你该打十个嘴巴。"

"那大约是因为口牙太钝，本来是得在白耳族王子跟前的人，无论如何也应比奴仆聪明十倍！"

"唉，矮陀螺，你是又在做戏了。我告了你不知道有多少回，不许这样，难道全都忘记了么？你大约似乎把我当做情人，来练习一精粹的谄媚技能吧。"

"主，惶恐！奴仆是当真有一种野心，在主面前来练习一种技能，便将来把主的神奇编成历史的。"

"你是近来赌博又输了，总是又缺少钱扳本。一个天才在穷时越显得是天才，所以这时的你到我面前时话就特别多。"

"主啊，是的。是输了。损失不少。但这个不是金钱，是爱情！"

"你肚子这样大，爱情总是不会用尽！"

"用肚子大小比爱情贫富，主的想象是历史上大诗人的想象。不过，……"

矮奴从龙朱脸上看出龙朱今天情形不同往日，所以不说了。这据说爱情上赌输了的矮奴，看得出主人有出去的样子，就改口说：

"主，今天这样好的天气，是日神特意为主出游而预备的天气，不出去像不大对得起神的一番好意！"

龙朱说："日神为我预备的天气我倒好意思接受，你为我预备的恭维我可不要了。"

"本来主并不是人中的皇帝，要倚靠恭维而生存。主是天上的虹，同日头与雨一块儿长在世界上的，赞美形容自然是多余。"

"那你为什么还是这样唠唠叨叨？"

"在美的月光下野兔也会跳舞，在主的光明照耀下我当然比野兔聪明一点儿。"

"够了！随我到昨天唱歌女人那地方去，或者今天可以见到那个人。"

"主呵，我就是来报告这件事。我已经探听明白了。女人是黄牛寨寨主的姑娘。据说这寨主除会酿好酒以外就是会养女儿。据说姑娘有三个，这是第三个，还有大姑娘二姑娘不常出来。不常出来的据说生长得更美。这全是有福气的人享受的！我的主，当我听到女人是这家人的姑娘时，我才知道我是癞蛤蟆。这样人家的姑娘，为白耳族王子擦背擦脚，勉勉强强。主若是要，我们就差人抢来。"

龙朱稍稍生了气，说："滚了吧，白耳族的王子是抢别人家的女儿的么？说这个话不知羞么？"

矮奴当真就把身卷成一个球，滚到院的一角去。是这样，算是知羞了。然而听过矮奴的话以后的龙朱，怎么样呢？三个女人就在离此不到三里路的寨上，自己却一无所知，白耳族的王子真是怎样愚蠢！到第三的小鸟也能到外面来唱歌，那大姐二姐是已成了熟透的桃子多日了。让好的女人守在家中，等候那命运中远方大风吹来的美男子作配，这是神的意思。但是神这意见又是多么自私！白耳族的王子，如今既明白了，也不要风，也不要雨，自己马上就应当走去！

龙朱不再理会矮奴就跑出去了。矮奴这时正在用手代足走路，作戏法娱龙朱，见龙朱一走，知道主人脾气，也忙站起身追出去。

"我的主，慢一点，让奴仆随在一旁！在笼中蓄养的雀儿是始终飞不远的，主你忙有什么用？"

龙朱虽听到后面矮奴的声音，却仍不理会，如飞跑向黄牛寨去。

快要到寨边，白耳族的王子是已全身略觉发热了，这王子，一面想起许多事，还是要矮奴才行，于是就蹲到一株大榆树下的青石墩上歇憩。这个地方再有两箭远近就是那黄牛寨用石砌成的寨门了。树边大路下，是一口大井。溢出井外的水成一小溪活活流着，溪水清明如玻璃。井边有人低头洗菜，龙朱望到这人的背影是一个女子，心就一动。望到一个极美的背影还望到一个大大的髻，髻上簪了一朵小黄花，龙朱就目不转睛地注意这背影转移，以为总可有机会见到她的脸。在那边，大路上，矮奴却像一只海豹匍匐气喘走来了。矮奴不知道路下井边有人，只望到龙朱，深恐怕龙朱冒冒失失走进寨去却一无所得，就大声嚷：

"我的主，我的神，你不能冒昧进去，里面的狗像豹子！虽说白耳族的王子原是山中的狮子，无怕狗道理，但是为什么让笑话留给这花帕族。"

龙朱也来不及喝止矮奴，矮奴的话却全为洗菜女人听到了。听到这话的女人，就嗤的笑。且知道有人在背后了，才抬起头回转身来，望了望路边人是什么样子。

这一望情形全了然了。不必道名通姓，也不必再看第二眼，女人就知道路上的男子便是白耳族的王子，是昨天唱过了歌今天追跟到此的王子，白耳族王子也同样明白了这洗菜的女人是谁。平时气概轩昂的龙朱看日头不眈眼睛，看老虎也不动心，只略把目光与女人清冷的目光相遇，却忽然觉得全身缩小到可笑的情形中了。女人的头发能击大象，女人的声音能制怒狮，白耳族王子屈服到这寨主女儿面前，也是平平常常的一件事啊!

　　矮奴走到了龙朱身边，见到龙朱失神失志的情形，又望到井边女人的背影，情形明白了五分。他知道这个女人就是那昨天唱歌被主人收服的女人，且知道这时候无论如何女人也明白蹲在路旁石墩上的男子是龙朱，他不知所措对龙朱作呆样子，又用一手掩自己的口，一手指女人。

　　龙朱轻轻附到他耳边说："聪明的扁嘴公鸭，这时节，是你做戏的时节！"

　　矮奴于是咳了一声嗽。女人明知道了头却不回。矮奴于是把音调弄得极其柔和，像唱歌一样，说道：

　　"白耳族王子的仆人昨天做了错事，今天特意来当到他主人在姑娘面前赔礼。不可恕的过失是永远不可恕，因为我如今把姑娘想对歌的人引导前来了。"

　　女人头不回却轻轻说道：

　　"跟到凤凰飞的乌鸦也比锦鸡还好。"

　　"这乌鸦若无凤凰在身边，就有人要拔它的毛……"

　　说出这样话的矮奴，毛虽不被拔，耳朵却被龙朱拉长了。小子知道了自己猪八戒性质未脱，忙赔礼作揖。听到这话的女人，笑着回过头来，见到矮奴情形，更好笑了。

　　矮奴望到女人回了头，就又说道：

　　"我的世界上唯一良善的主人，你做错事了。"

　　"为什么？"龙朱很奇怪矮奴有这种话，所以问。

　　"你的富有与慷慨，是各苗族全知道的，所以用不着在一个尊贵的女人面前赏我的金银，那不要紧的。你的良善喧传远近，所以你故意这样教训你的奴仆，别人也相信你不是会发怒的人。但是你为什么不差遣你的奴仆，为那花帕族的尊贵姑娘把菜篮提回，表示你应当同她说说话呢？"

白耳族的王子与黄牛寨主的女儿，听到这话全笑了。

矮奴话还说不完，才责了主人又来自责。他说：

"不过白耳族王子的仆人，照理他应当不必主人使唤就把事情做好，是这样也才配说是好仆人——"

于是，不听龙朱发言，也不待那女人把菜洗好，走到井边去，把菜篮拿来挂到屈着的肘上，向龙朱眭了一下眼睛，却回头走了。

矮奴与菜篮，全像懂得事，避开了，剩下的是白耳族王子同寨主女儿。

龙朱迟了许久才走到井边去。